我有个好故事
就要你一碗酒

李淳 著

武汉出版社

图书在版编目（CIP）数据

我有个好故事，就要你一碗酒 / 李淳著. -- 武汉：
武汉出版社，2015.9

ISBN 978-7-5430-9441-3

Ⅰ.①我… Ⅱ.①李… Ⅲ.①散文集—中国—当代
Ⅳ.①I267

中国版本图书馆CIP数据核字（2015）第202303号

上架建议：散文随笔·故事集

著　　者：李　淳

责任编辑：雷方家

出　　版：武汉出版社

社　　址：武汉市江汉区新华路490号　邮　编：430015

电　　话：（027）85606403　85600625

http://www.whchs.com　E-mail：zbs@whchs.com

印　　刷：北京正合鼎业印刷技术有限公司

发　　行：北京天雪文化有限公司　电　话：（010）56015060

经　　销：新华书店

开　　本：880×1230mm　1/32

印　　张：8　字　数：170千字

版　　次：2015年11月第1版　2015年11月第1次印刷

定　　价：36.80元

▌推荐序　众生见众生

我一点都不打算谈论李淳这个人。

我只是想借他的一双众生的眼睛，来看看众生。

王国维有两句诗："偶开天眼觑红尘，可怜身是眼中人。" 这是一种高妙的境界，它源于尘世，超脱尘世，然后又落回红尘。看似划了一个圆圈，全无变化，其实内涵已然不同。经此历练，不再是俯瞰红尘的天眼，而是以众生之眼平视着众生。

以众生见众生，这是一个很难得的技巧。不，准确地说，这不是技巧，而是一种天分。它和年龄、阅历、身份、背景、经验等等全无关系，只与悟性有关。

在这一部短篇集里，我们附身于李淳之上，借由他的双眼，去观察这个世界上的一些人和一些事——其实大部分是王睿——这些文字近乎白描，充斥着市井气息，有欲望，有劲道，有汪洋恣意的情绪，却难得地没有土腥味。就好像是一条尘世浊溪缓缓流过脚边，他没有站在溪边俯瞰，而是化身为每一粒溪底的砂粒，让水潺潺滤过，浑浊沉淀于身边，清澈流远。这就是众生的世界，也是众生所看到的世界。

你看，我又不得不谈起李淳这个人。没办法，作品和作者之间，有一条脐带相连，你不可能彻底切割两者，单独谈论。

我个人最喜欢《忘情水》和《你见过凌晨四点的太原吗》，前者让我想起年轻时的兄弟，后者充满了民间口叙历史的神秘和散漫。它们的风格不尽相同，但又有共通之处，那就是平视众生的视角。看得出，他热爱生活，热烈拥抱着每一个细节，但一点也不打算去提炼、浓缩或升华成什么哲学——生活本就如此，只要静静地看着，就很开心了。在这方面做得最好的其实是《不散的宴席》，可惜它有点浑浊。

好了，据说在上菜之前，唠叨菜色是最不受欢迎的行为。所以我还是就此住口，请读者们自己去品鉴吧。

马伯庸

▍自序　献给所有疲惫心灵的礼物

　　大概在1998年的时候，当时还是初中生的我在一本作文期刊上发表了一篇议论文，时间太久远了，当时文章的标题我已经忘记。我之所以还记得有这篇文章，是因为其后续事件——一个福建的小姑娘，循着期刊上的通讯地址给我写了一封信，想和我进行一番文学交流。

　　那时的我可严肃了，生怕被老师、家长看见了认为我不好好学习，所以，我非但没有回复，还把信烧了以此明志。

　　后来我成为了一名理科生，毕业后老实巴交地搞了几年IT，现在又转到了金融行业，总之就是和文字工作八竿子打不着。成年后的我还是和1998年没啥区别，总是害怕同事、领导知道我背着他们混文艺圈，所以我就连写方案都要刻意加几个可有可无的病句，以掩盖文采。其实我也说不清为什么，但我习惯把自己定义成一个生活在电路板、代码、大数据和资产负债表里的男人，特别害怕有一天在这些领域和我并肩作战的战友指着我说："李淳，你竟然是一个文人。"现在看来，我真的挺怂的。

尽管长期承蒙各路笔友厚爱，但是那篇1998年发表的议论文仍然是我迄今为止的唯一的正式作品：有版权，有稿费，有读者——典型的"出道即巅峰"。怎奈文艺圈的朋友实在看不下去，觉得有必要将我埋藏的才华展露出来，将我的作品予以曝光。他们认为我是一个可塑之才，应该让更多的人看见我的文章，不然这是文学界的损失。

当然我是有自知之明的，我本质上是一个理科生，喜欢可量化和标准化的东西，我同时是个业余短跑运动员和泰拳手，深谙"文无第一、武无第二"之道。写作这东西就像选美，我眼里的美女西施也许在别人眼中就是悍妇无盐，之所以有一部分朋友对我施以错爱，也许仅仅是因为我的文章略微有点与众不同罢了。这就好比在电视里充斥着仙女妹妹、小鲜肉的当下，还是有那么一部分人执着地热爱史泰龙这种老派动作演员一样。我也一直试图让我的文章变得老派一点，我始终相信这样的文字经得起时间的考验，就像白酒虽不如果啤酒甘甜和亮丽，但却会历久弥香。

这本书是我自1998年的无名议论文后的第一部正式作品，摘选自我25-29岁之间在社交网络上受众人赞赏文章。有的不尽成熟，有的无病呻吟，但总的来说还是一些态度端正的作品，羞涩地跟大家碰面。我希望更多的人看到这些文章，因为喜欢同一类型文学作品的读者，他们和作者在本质上是一类人。我再也不会错过任何一个类似于当年福建小姑娘的读者，读者即是朋友和知己，这本书里有故事、有酒，献给所有疲惫心灵的礼物，if you want some, come get some.（如果你想要，欢迎来取阅。）

目录 CONTENTS

目录 CONTENTS

第一章
远比你孤独

你能想象出比这更文艺的电子，更孤独的个体吗？能想象出来的话，诺贝尔文学奖、诺贝尔物理学奖也许都是你的了。

远比你孤独（一）

讲几个小故事，关于寂寞/孤独的，保证比郭敬明他们讲得好。

（一）

以前我曾去华为面试过，填表时有一项须注明：是否愿意应聘海外项目职位。其实华为的海外销售经理、售前工程师、售后工程师之类的薪资高得离谱，非常适合像我这种低调沉稳的技术黄牛。不过就是工作太枯燥无聊了，尤其在一些政局动荡的第三世界国家，子弹满天飞，人们根本不敢出门，唯有天天待公司宿舍里对着技术白皮书发呆。

坊间流传着两个著名的关于华为驻外工程师的段子：一是某个驻外的华为员工在公司宿舍的院子里养了一群鸡，不用于下蛋也不用于食用，而是用来赶着满院子跑，打发时间……二是南非约翰内斯堡的华为基地曾收到过当地动物保护组织的抗议信，内容是抗议华为的员工在基地旁边的海滩上将海龟翻身，导致海龟再也无法翻转过来而活活饿死……他们真的是太寂寞了……

（二）

记得小时候看过柯南道尔的一篇短篇小说，叫《卢浮官博物馆的奇闻》。写一英国人在卢浮官里迷路了，闭馆时他被关在了卢浮官里面，却有幸见证了奇迹：一名长得比木乃伊还恐怖的馆员在深夜偷偷打开了盛装一位女性木乃伊的木棺。

那名馆员原是古埃及的一名法术师，机缘巧合地与朋友一道研制出了长生不老药，这种药服用后能抵抗衰老与暴力的伤害，这并不是永生，但它的效力可以维持好几千年。这药的负面作用是当你活腻了的时候，想死也死不了……

这埃及哥们儿，他在给自己服用了此药之后，还没来得及给自己的爱人用药呢，爱人就得肺病死了。古埃及人笃信有阴界，这下他与爱人阴阳永隔。更气人的是他的合作伙伴暗恋着他的爱人，他的爱人死后，那位合伙人独自发明出了长生不老药的解药，并且立马服用之后，去阴间调戏朋友妻去了。

这让法术师气得要死，他试验了无数种配方，却终因缺少一种药引而发明不出解药，然后他就这么孤独而猥琐地活了3000多年。在这个夜晚，他终于有机会打开了爱人的棺材，在棺材里发现了合伙人藏在其中的解药药引。此时的他，终于可以解脱……

然后他讲完这个故事后，他迫不及待地服下解药，让自己迅速衰老并且死亡。他死得比古往今来任何一名自杀者都要快乐，这不仅仅是因为他能够得以和爱人重逢（或者目睹爱人和合伙人的朋友在另一个世界给自己戴绿帽子），更是一种从万世的孤独中得到终极的解脱……

看完小说后，我时常想象那3000多年的岁月，这人是怎么熬过来的。那句歌词怎么唱的来着："愿意用几世换我们一世情缘，希望可以感动上天，我们还能不能、能不能再见面，我在佛前苦苦求了几千年"……这哥们儿的故事可以改编成《求法老》了。

（三）

Ray Bradbury雷·布拉德伯里著的《浓雾号角》，是超棒的短篇小说。写的是一只从6500万年前的大灭绝中幸存下来的蛇颈龙，竟得以长生不死（估计是吃了埃及人发明的仙丹），全世界就只有它一只蛇颈龙了，孤零零地活在大海深处。

每年冬天的浓雾时节，海港的灯塔就会发出低沉的号角声为过往船只引路。那号角声像极了蛇颈龙的叫声，因此每年都会将那只死不了的活化石——蛇颈龙从海底引上海面，大概它以为那是同类的呼唤……

它一次又一次地失望，在最后，经过大自然多年的教育，它终于进化出了一点智商，它发现发出这种声音的压根不是自己的同胞，发现恐龙界真的只剩下它自己活在这个地球上了。于是它悲愤地毁掉了灯塔，潜入了海底，从此它再也不会听到那熟悉的呼唤，也再也不相信爱情了。

每次想到这只蛇颈龙，我就觉得眼角隐隐有眼泪溢出。那是古往今来最孤独的生物，它活在黑暗、高压、寒冷的海底，并且由于没进化出前肢，不能解决自己的生理问题，在苦寂中独自度过了亿万年……想想就难过。我们的失恋和它的孤独比起来算个锤子。

（四）

这是我能想象的最终极的孤独。严格说来，在我接触这个理论之前，连想也想象不到，你们能想到吗？

先讲讲此理论的主角——反物质[1]。关于"反物质"的概念，简单说来就是由带正电荷的电子组成的物质，它们和现实世界中的物质看起来没有任何区别，只是电荷的正负属性相反而已。你可以想象一下，宇宙里存在一个反物质构成的你，终于有一天和你的本尊相逢了，你们激动地伸出右手深情相握，却在接触的一霎灰飞烟灭，并释放出比氢弹爆炸所释放的能量还巨大的能量，那场面将是多么辉煌。

一开始"反物质"只是狄拉克的预言而已，直到科学家在实验室里真正

[1] 反物质是一种人类陌生的物质形式，在粒子物理学，反物质是反粒子概念的延伸，反物质是由反粒子构成的。反物质和物质是相对立的，会如同粒子与反粒子结合一般，导致两者湮灭并释放出高能光子或伽玛射线。

制造出了反氢原子等反物质粒子，"反物质"才被人们承认。虽然它存在时间极短，迅速泯灭，但是真实地验证了"反物质"在宇宙中的确存在。

真正吸引我的理论，是诺贝尔奖得主理查德·费曼提出的"反物质猜想"。他运用麦克斯韦方程推导出两个解，发现在数学上，一个在时间中正向前进的负电子和一个在时间中逆行的正电子是一样的。换句话说，"反物质"不过是在时间中逆行，即从未来向过去前进的"正物质"而已。"反物质"和"正物质"的对消泯灭，实质上是"正物质"在时间轴上的突然掉头，回到过去的同时变成了"反物质"（即2分钟前的"反物质"，在1分钟前和"正物质"对消，实质上是该"正物质"在1分钟前开始了时间上的逆行，变成了"反物质"。2分钟前你看到的"反物质"就是在时间轴上逆行回去的这个"正物质"而已）。

更加震撼的理论如下，费曼由此解决了困扰物理学界多年的基本粒子问题：为何世间万物、大到星系小到原子，都会展现出不同的属性，例如，银河系和仙女星系、氢原子和氧原子，都没有完全相同的个体，但是在电子身上是个例外。世上没有"大电子""小电子""性感电子""高帅富电子"之说，你也无法在一个电子上刻字，然后送给自己的女友。因为组成宇宙万物的无穷多的电子，是一模一样的，找不出任何差异的。

费曼由自己的"反物质假设"完美地解释了这一困扰：因为从宇宙大爆炸的那一刻起，整个宇宙本来就只有一个电子。没错，在全宇宙的庞大的空间内有数不尽的星体和物质，其实都是这一个电子在不同时空的分身而已。它从大爆炸开始，在时间轴上正向前进，直到宇宙的末日，又掉头回去，变成正电子，在时间里逆行，逆行到了宇宙诞生之初。就这样永世无休止地循环下去，这个电子出现在了时间轴上的每一个点，出现在了宇宙的每一个角落，在三维世界的我们看来，空间里布满了数不尽的电子，构成了世间万物。

其实那些电子，包括我们自身、我们的父母亲人、我们的恋人、我们养的狗、狗拉的屎、曼哈顿川流不息的人潮、塔克拉玛干沙漠寂如死水的无人区、兰桂坊莺歌燕舞的不夜城、海底那只无尽孤独的蛇颈龙……万事万物都一样，都只不过是那同一个电子正行、逆行了无数次的分身而已，整个宇宙就这么一个电子，孤零零地从天地混沌走到宇宙毁灭，再倒回去重来，周而复始。

假如这理念是真实的，你还觉得自己孤独、寂寞吗？还会去养鸡场赶母鸡，去海滩翻乌龟吗？

你能想象出比这更文艺的电子，更孤独的个体吗？

能想象出来的话，诺贝尔文学奖、诺贝尔物理学奖也许都是你的了。

我这就赶紧想去……免得被郭敬明、庆山安妮宝贝这些孤独界的话事人给抢先了……

远比你孤独（二）

那天晚上，我从一个应酬酒局中出来，觉得自己装了一晚上的好人，实在是需要找一个真正的好友一诉衷肠。于是，我给哥们儿打电话，听筒里传来他冷冰冰的拒绝："你不早说，我已经上床了。" 这情景就像你鼓足勇气跟一个女人表白，她却回答你："你不早说，我已经结婚了。"真令人泄气不是吗？

于是我只能胸有激雷而面如平湖地回到家，我打开电脑准备和互联网谈谈人生，却发现我将耳机忘在了车上。

我第一次发现没有音乐，我对着电脑完全无所适从。当然也可能是因为我喝多了，需要音乐来改变和调节我的情绪，我一直坚信"music can alter moods and talk to you"（音乐可以改变你的心情并能够与你谈心），在你一个人的时候、在你烂醉如泥的时候。

当你的好友冷落了你,当你的音乐远离了你,你就彻底孤独了。

我还是来给大家讲个故事吧:

(一)

我不是为了孤独而写孤独,只是有些人生来孤独。

我有一个朋友叫黄小鹏,我们都叫他"黄小盆"。他是一个厚道而实诚的男子,带着金边眼镜,体态微胖,笑起来很像发福了的潘石屹。

黄小盆在建筑行业工作,人生中80%的时间在西安市郊的工地上度过,他具体的工作内容是什么我也不大清楚,总之他在工地上日理万机,甚至他的人人网上的头像都是一张戴着安全帽的自拍。将他的自拍照片放大300%以后,还可以看见他背后的脚手架上有两个民工同志正在吃盒饭。好友们看了他的人人网个人主页之后,都会觉得一阵阵辛酸,甚至有不明真相的群众将该照片转发到天涯论坛,标题为《潘石屹下基层》。

其实,了解黄小盆的人都知道他是个富二代,不过黄小盆身上没有一点富二代的娇气,他不仅植根基层和农民工打成一片,还成天在微博和QQ群里发放一些另人喷饭的言论,节选一条如下:

"屌丝的悲剧:刚刚梦到女神对自己嫣然一笑,可惜定的起床闹钟在此时就响起了……想继续梦,怕耽误上班;想起床,又各种心有不甘。"

我结合他的性格，细细分析了他的梦境。如果此梦不被打断，从"嫣然一笑"这个进度一直发展下去，估计直到他们工地都完工了，他这个梦都做不完……

有一天，我看见他的QQ签名更新成了"远比你悲剧"，于是我风驰电掣地打去电话，询问他个中缘由。

他如丧考妣[1]地给我讲述了一个凄绝的故事："我和前女友一年多前曾经办过一张×××酒店的会员卡，分手后我发扬风格，就把会员卡留给了她。我今晚正加班画图呢，突然收到一条短信，就是那家酒店发的，内容是恭喜我升级至白金会员，全年享受房费八折、免费送餐的优惠。理由是我今年的会员积分已经超过了10000分，也就是卡主已经在该酒店消费超过了10000元。"

"那里标间一次140元，我享受会员折扣是120元。也就是说她一年之内至少在那里开了90次房。"黄小盆怕我数学不行，哭着跟我补充解释。

我怕他难过，安慰他说："也许他们开的是豪华套间，一次五六百，那么他们的开房频率也就下降到了小于等于20次。"

"不可能！我不信！"小盆在电话那端带着哭腔嘶吼着，然后挂断了电话。

我的脑海里顿时浮现出了一幅画面：黄小盆在工地棚户简陋的办公室

[1] 如丧考妣：像死了父母一样，形容非常伤心和着急（含贬义）。

中勤勤恳恳地画图，他佝偻着脊背，金丝眼镜已经颓废地滑落到鼻翼，同时在他脸颊上滑落的还有别的什么东西，晶莹剔透。

想到这里，我鼻子一酸，觉得该安慰他点什么，但又不知从何说起。我给他发去了一条短信，把潘石屹创业史里的那段艰难岁月节选给他，跟他说潘总当年去广州创业时兜里只有80块钱，还花了50块钱给带路党，请人家带他从高压铁丝网的破洞里潜入到深圳特区。

"也就是说，他全部身家只剩30元了，这在你那酒店只能住四分之一个标间，也就是厕所。"

"人家就在标间的厕所里挣到了第一桶金，现在都当上人大代表了。你也不要气馁，要好好干，定能成就大事业。"

我不停地发送短信安慰着黄小盆。黄小盆似乎从前人的成功中汲取到了革命经验，他一扫之前的颓废情绪，他豪气干云地告诉我，他们现在正在做的工程就是西安市郊的一家超五星级酒店，等这个酒店竣工，他负责给兄弟们办理白金会员卡，人手一张。

我说没问题，到时候我一定每周都来捧场。

我埋头看了看手机桌面上的日期，11月11日，史上最孤独的光棍节。黄小盆一个人，在西安市郊的寂静岭，孤独地画图、疗伤、打电话注销酒店会员卡。

日后，每当我感到孤独的时候，我就想一想这个情景，然后破涕为笑。我不能想出比这更孤独的人和事了。

他们搞建筑的人，是不是命犯天煞孤星，生来孤独？

但我坚信所有像黄小盆一样生来孤独的人们，总有一天会不再

孤独。

（二）

坦然接受生命里的孤独。

根据爱因斯坦的广义相对论，如果宇宙的星体和物质总量有限，把

有限的物质想象成一个大球，那么无限的空间必定会因为引力作用向此大

球塌缩，形成一个包裹着所有物质的封闭球体。也就是说，如果你沿着直

线向任何一个方向无止境地走下去，经过数不尽的岁月，你最终会回到原

点。这就是所谓的"有限而无边"。

空间是一个轮回，那么时间呢？

我小时候很喜欢看科幻小说，那时还没有《科幻世界》这种杂志，我

如饥似渴地阅读着刘兴诗、童恩正等老一辈无产阶级科幻小说家的优秀作

品。他们也许没有那么多与时俱进的科技知识，但是其作品中透出的浪漫

主义情怀、扎实的文字功底和悲悯的人文关怀却是现在的国产科幻小说家

们所缺失的，当然，除了刘慈欣。

我很难想象刘慈欣这样一位长年驻守水电站的理工科宅男是如何拥有

如此海阔天空的思维和博大情怀的，也许他只是如他自己所说——经常仰

望星空。

刘慈欣的一部短篇小说《坍缩》，内容讲述了人类会在百年之后迎来世界末日。当然刘慈欣所说的末日不是那俗之又俗的陨石撞地球或太阳黑子爆发，而是我们人类走到了时间的终点。

在文中，他说："根据目前得到大多数人认可的大爆炸理论，我们的宇宙从大爆炸之日起到现在200亿年，由于爆炸的巨大惯性所致，宇宙一直是在缓慢膨胀的，这从遥远的类星体的红移[1]就能得到佐证。而如果宇宙的总质量小于某一数值，宇宙将永远膨胀下去；如果总质量大于某一数值，则万有引力逐渐使膨胀减速，最后使其停止。之后，宇宙将在引力作用下走向坍缩。以前宇宙中所能观测到的物质总量使人们倾向于第一个结论，但后来发现中微子具有质量，并且在宇宙中发现了大量的以前没有观测到的暗物质，这使宇宙的总质量大大增加，使人们又转向了后一个结论，认为宇宙的膨胀将逐渐减慢，最后转为坍缩，宇宙中的所有星系将向一个引力中心聚集。这时，同样由于开普勒效应，在我们眼中所有星系的光谱将向蓝端移动，即蓝移。"

而著名物理学家丁仪（为什么几乎刘慈欣的每部小说里都有这个人

---

[1] 类星体红移：二十世纪六十年代，天文学家在茫茫星海中发现了一种奇特的天体，从照片看来如恒星但肯定不是恒星，光谱似行星状星云但又不是星云，发出的射电（即无线电波）如星系又不是星系，因此称它为"类星体"。红移：即宇宙大爆炸理论中，所有的形体都在向四周扩散，都在离我们远去；由于多普勒效应，从离开我们而去的恒星发出的光线的光谱向红光光谱方向移动。类星体红移：即上述星体离我们远去的过程。

物？我有理由相信那是他初恋女友的名字）计算出了蓝移开始的确切时间，也就是宇宙开始坍缩的具体时间，即在数日之后。

宇宙的膨胀和坍缩，在空间层面我们是难以有任何感性认识的，毕竟宇宙太大，膨胀的那点单位和整个宇宙的尺度比起来就是不足挂齿。但是丁仪同时提醒大家，不要忘记时间、空间是一个整体，时间随着空间膨胀了200亿年，马上也要开始坍缩了。

时间的膨胀，即是播放、快进、从后到前、从过去到未来，而坍缩则是逆过程。

数日之后，时间的坍缩就要到来，人类已经没有时间做出反应。事实上，在统一场论的铁律面前，就算有一亿年的准备时间，人类又能做得了什么？

唯一能避免末日的，就是在末日之前先行死去？

不，时间的坍缩会让已经挫骨扬灰的你，从骨灰盒里重新进入火葬场，然后化零为整，成为一具完整的尸体，再悠悠醒转，变得活蹦乱跳起来。

就像掉落在地摔得粉身碎骨的玻璃杯，魔术般地重生，碎片在不可抗力的作用下，重新结合成为一个整体、一个完整的杯子。

那其实不是什么不可抗力，也不是引力，而是"铁律"，宇宙的"铁律"。在"坍缩"的宇宙里，"铁律"即是从无到有，从混沌到有序。"膨胀"宇宙里产出新生命，一切都是逆过程，包括婴儿的哭声。先有声

音，再有他的啼哭，因为一切都是在倒带。

我们在这样的宇宙里得到了永生，虽然这个宇宙很奇怪，但是在"坍缩"宇宙的世界观里，没有人会对这样的事情提出异议。在他们看来，苹果就是从垃圾堆里的苹果核变回圆滚滚的果实，再回到苹果树上的，就像先还钱再欠债，天经地义。

在刘慈欣的这部小说里，一名女工作人员的父亲刚刚因病去世，她悲痛万分。可冷冰冰的物理学家丁仪却告诉她，不必因为一时的生死、得失而悲伤难过。因为失去的还会得到，逝去的还会复生。他当场打碎了一个珍贵的罗盘，指着满地的碎片告诉那女孩："几分钟后，坍缩开始时，这些碎片就会变回一个罗盘。"

"你的父亲也一样。"丁仪说。

可是谁也预料不到，当坍缩开始的时候，那个女孩看见父亲从另一个世界里回来，她的心情究竟如何？是欢呼父亲的归来吗？

不是的，因为在"坍缩"的世界里，从死到生就像"膨胀"世界里的从生到死一样正常，那是自然规律，有何欣喜可言？

我们就这样重复着另一个镜面中的轮回。那个宇宙里的自己，就像镜中人，和现在的自己以"坍缩开始的时间点"为对称轴，在两个宇宙里渐行渐远。

小说的结尾以丁仪和省长最后的对话作为结束：

　　"您将会发现，从老年走向幼年，从成熟走向幼稚是多么合理，多么理所当然，如果有人谈起时间还有另一个流向，您会认为他是痴人说梦。快了，还有十几秒，十几秒后，宇宙将通过一个时间奇点，在那一点时间不存在。然后，我们将进入坍缩宇宙。

　　坍缩倒计时八秒。

　　"这不可能！真的不可能！！"

　　"没关系，您很快就会知道的。"

　　"！！能可不的真！能可不这"

　　"。宙宇缩坍入进将们我，后然。在存不间时点一那在，点奇间时个一过通将宙宇，后秒几十，秒几十有还，了快。梦说人痴是他为认会您，向流个一另有还间时起谈人有果如，然当所理么多……"

　　读完小说后我躺在床上仰望天花板，思绪万千。我们大可不必纠缠刘慈欣的"时间坍缩观"是否合理，事实上就算这是成立的，小说里构建的物理过程也有很多的硬伤，比如空间的膨胀并不是均匀的，时间也应该一样，绝不会均匀地流逝到坍缩点，在接近临界点的时候流逝早应该变慢。人们的说话和行动都像慢动作，丁仪教授放一个屁都要用读完一首荷马史诗的时间，刘慈欣把《坍缩》写到《二十四史》那么长也收不了尾……

但这些都不重要，我可不会像人人网上的那些无聊群众那样去攻击刘慈欣是民间科学家，在这种没有人能够设计出严格实验加以佐证的伟大想象面前，"证伪"本身就显得没有那么重要了。

在这个宇宙里，我们的亲人被医学宣判了死刑：癌症晚期，无药可医，放弃治疗，安度末日。那是个体的末日，是比虚无缥缈的"世界末日"更加残忍而真实的末日，病者被蒙在鼓里，亲人肝肠寸断。如果钟表也能像不均匀膨胀宇宙里一样，慢下来，再慢下来，让我们真正地度日如年，该有多好。

在另一个宇宙里，掉落的花瓣将会重归枝头，死去的至亲也将在病床上重生，带着不断减少的癌细胞，然后重新拥抱生命，重新获得健康。

这最后一个故事，听上去美丽动人，同时也荒诞不经。到底是美丽还是荒诞，取决于你。

如果你相信爱情，那么你会全盘相信浩如烟海的爱情电影里的每一个肥皂剧故事，每一个狗血情节。如果你相信永生，那么你也许会相信轮回。

或者相信总有一天，我们的宇宙会开始坍缩。

我的朋友，相信你愿意相信的东西，生和死不过是过程，不是结果。我记得之前在健身房曾经听到一首歌，歌词很应景："我爱你，世界末日来临以前，抱着你渡过漫长黑夜，闭上双眼逃离寂寞边界，就算我被毁灭，我的爱没有极限。"

　　所以朋友，抱着他，你并不孤独，医学意义上的倒计时并不是末日，

就算是，你的爸爸和我的外婆，他们一定会回来的。

忘情水

也许你听过"云计算"，但你可能没听过"云治丧"。

（一）

阿扑是我的大学同学，关于他，我有很多温暖的回忆。

阿扑是个非常学术型的男人，他的这一品质在这件小事里可见一斑：大三时，我们专业有一门必修课是《数论》，那是我们整个大学期间最难的一门课程，主要内容为研究整数的性质，课本上，几乎每一道例题都是由高斯、费马、华罗庚等这类大神级人物给出的解答。

阿扑在整个大三上学期都沉湎在整数的海洋里不可自拔，有一次我和他上晚自习到深夜，回宿舍时路过男厕所，发现隔间的门板下面竟然有四条腿，而门板上方只有一个脑袋。当时我的判断是：其中一个人是站着的，另一个人是蹲着的。但阿扑却一口咬定人家在研究鸡兔同笼问题。我问他，如果里面的人真的在演示鸡兔同笼，那么请问里面到底有几个人？

大学毕业后，阿扑进入了一家证券公司从事信息技术工作。那时他仍然没有女朋友，为什么我说"仍然"，因为大家应该能联系上文进行逻辑推理得出阿扑在大学时是个老牌单身汉的结论。虽然事实的确如此，不过我觉得阿扑当时的行为并不是现代人解读的"屌丝"，我认为这说明他具备一种能把社会问题进行数学建模的能力，这在这个浮躁的世界实是难能可贵。

我一直认为阿扑是我见过的最聪明的人。

可为什么这么聪明的男人就是找不到女朋友呢？阿扑说他大学毕业后也经朋友介绍处过几个女孩子，但她们一打听到他的工作，纷纷退避三舍。阿扑说那些女孩子没啥文化，都坚持认为他是在当网管。他说其实他的工作重要着呢，没有他每天起早贪黑地工作，证券公司的股票交易系统就会崩溃掉，万千股民就会倾家荡产，证券公司的老板就会挨揍。有个女孩子说："如果网吧的电脑崩溃了，正在网络游戏里拣装备的网吧会员就会丢掉那个装备，甚至可能在游戏里死掉，网吧的老板也会因此挨揍。所以你的工作就是网管。"

我听了后默然。我想，虽然当个网管也没啥不好，都是在为社会主义作贡献，但是以阿扑的学术天赋，他可以给社会作出更大贡献的。还记得我们在大四时，国安局来我们学校招人，每年都是四川省网络攻防大赛头奖得主的阿扑竟然对此嗤之以鼻，他说他不想再在信息安全界混迹了。

只有我知道他是被密码学的基础——《数论》给伤透了心。在鸡兔同笼事件后，我曾经教育他，我说正常人面对那个场景应有的反应有以下几种可能：报告学校保安；拍下来发到因特网，而你却在那儿演算鸡兔同笼问题，真是与时代脱节。阿扑当时满脸愤懑，但又不知如何反驳我。我想，那一刻他的价值观被我重建了。

所以，我一直觉得阿扑后来选择远离信息安全产业而去当一名网管，我有不可推卸的责任。但我觉得某种意义上这也是好事，至少他进证券公司后每天能见到众多花枝招展的穿着黑丝的女前台和女客户经理，他从此不用再迷失在枯燥的整数海洋里。再后来，他甚至谈起了恋爱。

（二）

阿扑的女朋友叫阿芸，是阿扑在饭局上认识的。准确地说，他俩当时分属于两个不同的饭局，阿扑在参加他的网管聚会，而隔壁桌的阿芸则在和闺密畅聊八卦。两桌人并不相识，但阿扑一落座就被隔壁阿芸那齐刘海和小酒窝给迷住了，阿扑激动得饭都比平时多吃了两碗。

不知阿扑哪里来的勇气，据他后来所说，那大概是他身体里的多巴胺在作祟，他径直走了过去跟阿芸搭讪。这里有必要说明一下，阿扑除了勤工俭学时在街上发传单，追着一个龅牙妹跑了半条街之外，在此之前他还从来没跟异性搭过讪。所以，毫无搭讪经验的阿扑踌躇了半晌，终于走上前去问阿芸："你也喜欢吃饭呀？"据说当时阿芸的闺密笑得都钻到了桌子下面。

可是好景不长，不到两个月阿扑就失恋了，阿芸离开了他。阿扑说阿芸是在去他供职的证券公司找他时认识了一个大客户，"很大的那种"，阿扑强调。

那段时间我正好去他的公司办理业务，就想着顺便找他聊聊，可惜恰逢股票交易时间，阿扑忙着盯股市，没空招呼我。他只是利用他的职权给我分配了一个无线上网的IP，让我能用手机连WIFI上网，当时所有的IP都已经被占用光了，但对他来说是小菜一碟，他将其中一个用手机上网的用户从IP中踢了出去，将空出的IP分配给我。

"你真牛。"我对阿扑竖起了大拇指。当时他的笑脸很灿烂，让我至今难忘，也许他认为他是一个得到社会认可了的网管，在那一瞬间。

不久之后，阿扑离职了。我觉得大概是那一场失恋对他的影响和打击太大，他觉得他们公司的每个客户都在暗地里磨刀霍霍，随时准备着抢走他的下一任女朋友，所以他干脆辞职了。之后的半年里他一直赋闲在家，没事就找我借酒浇愁，他说那个大客户能够给阿芸豪车的副驾，他只能给他在乎的人一个IP，他真没用。

我不能眼看着阿扑沉沦，他的经济状况本来就不好。我去了阿扑住的地方，看着他的出租屋墙上挂着的网络攻防大赛一等奖奖状，那真是峥嵘岁月，他不回到信息安全界是国家的损失，我想。

我想起了我的一个老同事，在公安局经济类案件侦查大队工作，我把身怀绝技的阿扑介绍给了他。他说大队有合同工的名额，以后还有机会拿到编制。具体的工作就是让阿扑去恢复一些犯罪嫌疑人的硬盘数据，以及监听人家QQ。我觉得这工作虽然技术含量不高，但比起让阿扑去当网管，也算是物尽其用。

但阿扑的失业效率和他的失恋率一样：在侦查大队干了不到60天，他就被解除了合同，并且他把自己关进了陋室，自我放逐，断绝了与外界的一切联系。我找老同事了解到，阿扑在工作之初确实发挥了自己的专业所长，协助同事办理了好几起证券内幕交易案件，在人家篡改后的数据库、被低格了的硬盘里面他可以大摇大摆地扫荡原始数据。一时间江湖传言，四川信息安全界出现了一名沉默高手，此人用眼睛扫一下你的电脑包，就能知道你的私人文件夹叫什么。

我听了之后不禁捂紧了我的笔记本，心想和阿扑同窗了那么多年，怪不得从来没见他浏览过成人网站，电脑里连迅雷都没有安装，原来他都是像地主收租一样在室友们的硬盘里鱼肉乡里，坐享其成。"这个欠揍的。"我骂道。

老同事接着介绍道，阿扑离职的原因是，他在一次对某上市公司高管的调查里犯下了不可饶恕的错误。"他对该高管进行了刑讯逼供吗？"我问。"不，阿扑在查看此高管电脑时，在其QQ聊天记录里看到了一些敏感信息，然后他就犯错误了。"老同事如是说。

"到底是什么错误？"我急切地问道。

"你去问阿扑自己吧，我都不好意思说。"老同事摊摊手。

我去找阿扑，到了阿扑的出租屋。数月不见，原本干净整洁的小屋竟然满地都是酒瓶和废弃的卫生纸，在地板上秩序井然地排列着，就像诸葛亮的八阵图。我从满是生活垃圾的地上艰难挪移到了阿扑的床前，他眯缝着眼睛夸赞我，说我是第一个攻破他的垃圾阵的人，还说把我放回古代去一定是个军事家。

原来，阿扑连扔卫生纸都搞起了数学建模，真是不坠青云之志。"还是那个熟悉的你。"我感叹道。

"不，我已经不是过去那个我了，我变了。"阿扑自言自语，然后他给我讲述了那天发生的一切。

他说："我们侦查大队在调查嫌疑人文字通信记录时会设定关键字字典，原本是一些内幕交易、操纵股价或者行贿行为的相关词组，但我自作聪明地加了几个词组进去，我认为那些高管们肯定都有作风问题，所以加入了"酒店""我想你""我老婆出差了"等词组，领导也同意了，还夸我真是个鬼才。我在查看那个高管的聊天记录的时候，果然顺藤摸瓜地揪出了他的作风问题。他和一个刚毕业不久的小姑娘搞起了婚外情，俩人隔三差五地去酒店开房，在不方便见面时他们就在

QQ上回顾房事，忆昔抚今，其聊天记录淫秽露骨，不堪入目。然后我乘胜追击，在其硬盘里查找到了一段他和该情人的开房自拍视频。我顿时傻眼了。"

"为什么？"我不解道。

"视频里的那个女人有着瀑布一般的齐刘海和漂亮的小酒窝，那是阿芸。"他说。

我一时语塞，不知所措，我看见阿扑的眼角有泪划过，急忙递过了一张餐巾纸给他，他擦干泪痕，将纸团考究地扔到了八阵图的朱雀方位，然后哽咽着继续向我倾诉。

"原来阿芸认识的那个大客户就是他。她怎么这么想不开啊，他的儿子都上小学了。"阿扑痛心疾首。"我看着那视频，看着我这辈子唯一爱过的女人跟那个膘肥体壮的男人在一起，我……我……"他激动得竟然结巴了。

"你傻眼了吗？"我紧张地问道。

"不。"阿扑摇摇头。

"那你是报告给警察了？"我又问。

"没有。"他说。

"那你究竟怎么了？"我急切地问道。

"我将资料销毁了，还将电脑砸了！"阿扑低头道。

作为一名信息安全从业者，竟然犯了这么低级的错误，女人果然是祸水！我感叹道。

我问阿扑他为什么会做出这么疯狂的举动，阿扑说他不知道。他说在他被炒鱿鱼后的这半个月里，他一直在寻找答案，他觉得自己的体内有魔鬼。

"那你找到魔鬼没有？"我问。

"在医学典籍里找到了，我体内的魔鬼就是多巴胺。这东西让我陷入了无聊的情爱当中，甚至让我丧失了人性，丢掉了工作。"他回答。

"那你打算怎么办？"我问道。

"我要做一个没有感情，对天下女人无动于衷的人。"他坚定地说。

"你打算把自己阉了？"我脱口而出。

"不，我服用了氯丙嗪，这是一种阻断人体多巴胺受体的药物，俗称冬眠灵。服用之后，我体内的魔鬼就进入了冬眠，我从此成为一个无情的男人，脑海里只有数学，再也没有爱和性欲。"阿扑指了指墙上的林志玲海报，又指了指我，"现在我看见她，和看见你没有区别。"

我看着桌上的冬眠灵药瓶，心想，这大概就是传说中的忘情水吧。阿扑，你真的打算做一个没有多巴胺的男人吗？

临别的时候，阿扑告诉我他打算重新做人，他准备去上海发展，远离成都这个带给他痛苦悲伤的城市。

没想到一别就是六年。

（三）

后来我在大学同学聚会里听说，阿扑从上海回老家了，似乎是身体出了问题。

我决定第二天就启程前往阿扑的老家——宜宾，我要去看看阿扑，看他究竟是什么状况。

宜宾是一座傍水而建的城市，金沙江和岷江在这里汇合成长江，奔流东去。阿扑的家就在江边，准确地说是在三江的交汇处，他家的对岸是一座火葬场，所以阿扑曾经告诉我，即使迷路了，循着火葬场的烟尘味，就能回家。

所以虽然我是第一次前往，但是我就像一只警犬一样，循着火葬场的气味顺利地找到了他家。我看见阿扑的母亲正在院子里打扫卫生，我连忙提着水果上前和她打招呼，阿扑的母亲抬头盯着我，凝视良久，浑浊的眼睛里没有一丝的神采，她终于认出了我，连忙让我进屋里坐下。她说外面烟尘味太大，对肺不好。

我没有看到阿扑的身影，张口欲问，阿扑的母亲主动给我介绍起了他的近况。

阿扑回到宜宾后，起初还在某IT公司上了大半年的班，但是后来身体状况每况愈下，行动能力下降，手足颤抖，就像得了癔症。家人以为他中了邪，从农村请来了神婆给阿扑施法。神婆把阿扑捆了起来，用鞭子抽他，用小针扎他，并用白酒浇灌他的伤口和口鼻，阿扑起先还发出杀猪般的嚎叫，后来不小心吞了几口白酒，喝高了，开始了一场大哭，口齿不清地喊着主线路断了、机房UPS烧了、阿芸跑了等莫名其妙的呓语。我想，阿扑现在需要的不是忘情水，而是孟婆汤。

施法以后，阿扑大病一场，甚至严重到根本无法下床，肌体渐渐变得僵直，连站立和走路都困难。后来家人带他去医院检查，医生诊断为帕金森症早期。医患双方共同研究了很久才查明原因：由于阿扑要做一个无情的男人，不间断服用抑制多巴胺的药物，使得体内多巴胺水平长期维持在极低水平，而长时间缺乏多巴胺的直接后果就是得了帕金森症，命运又和阿扑开了一个大玩笑。

这下阿扑没办法再在IT公司干了，他在医院治疗了一段时间后症状得到了缓解，家里托关系把他安排到了火葬场上班。阿扑一开始极为抗拒，他认为火葬场是把他当成了拳王阿里，让他去从事点火的工作。后来家人同火葬场的领导一起做通了阿扑的工作，他们告诉阿扑，现在的火葬场都是办公自动化，从安排火化炉到点火均为电脑操作，在这里阿扑大可以鲲鹏展翅，东山再起。

阿扑于是在火葬场信息技术部担任了主管，他新官上任三把火，做出了一系列前卫大胆的改革。过往，火化炉的分配都是随机的，而阿扑则在大厅配置了触摸屏，让家属像在电影院选座位那样选择火化炉。通过这个触摸屏，家属还可以选择自助式火化，家属自己对撒花瓣、遗体入炉、点火等环节进行操作。他的此项目推出后一时间广受好评，虽然有顾客反映其操作界面看起来像是一台微波炉，但是火葬场的生意依然空前火爆，甚至很多成都人和重庆人都希望能够死在宜宾，那样才能就近火化在阿扑的火葬场。

听到这里，我赶紧向阿扑的母亲解释：我来宜宾是来看望阿扑的，不是来准备死在这里的。

阿扑的母亲笑了笑，告诉我说阿扑现在已经调离火葬场了，他的帕金森症在最近半年恶化了，甚至出现了记忆力下降和抑郁症的药物反应，现在已经很难和人进行正常交流。火葬场领导念在阿扑曾经立了大功的份儿上，把他调到了火葬场附近的公墓，让他在那儿担任管理员，实际上就是让他在那绿树成荫、傍水而建的陵园里一个人静静调养。但无论如何，阿扑在网管生涯结束后，又成为一名墓管。

我默然无语，看着阿扑半年前更新的QQ签名，那是他迄今为止最后的公开言论："我麻痹，我迟缓，但我知道我是个好男孩。"我一阵心酸，我才明白，当时的他原来是得了帕金森才发的那条状态。

我赶去了陵园，穿过了墓碑和鲜花，看见郁郁葱葱的树林深处，一个佝偻着身躯的瘦削男人正坐在轮椅上发呆，那就是墓地的墓管，我阔别六年的兄弟阿扑。我走过去和他打招呼，他竟然视而不见，眼睛没有一丝转动，仿佛已经入定。轮椅旁边放着一台收音机，里面正在播放一段秦腔唱段："彦章打马上北坡，新坟累累旧坟多。新坟埋的汉光武，旧坟又埋汉萧何。青龙背上埋韩信，五丈原上埋诸葛。人生一世莫空过，纵然一死怕什么？"

苍凉的歌声和不远处滔滔的江水混在一起，就像在讲述着阿扑多舛的命运。我看见阿扑伸出手，像是在指点着什么，但又颤抖着无法定位。我顺着他手指的方向看去，那里有一大片待开发的陵园。一旁陪同的工作人员告诉我说，这片新区的规划由阿扑负责，现在土地资源稀缺，阿扑参照诸葛亮的八阵图，设计了一个圆形的陵园，由青龙、白虎、朱雀、玄武四个入口和六十四个子园区组成，此陵园还在规划阶段，阿扑就已经失去了民事能力了，他把最后一点光和热献给了我国的殡葬事业。

我想象着祭拜完毕的人们试图离开陵园，却被困在墓碑林里的场景，觉得那有点像恐怖片里的情节。工作人员告诉我，阿扑已经有半个月一言不发了，每天就在陵园的朱雀方位枯坐着，对着江河若有所思。我想我有办法让他开口，我蹲下身，轻轻握住阿扑的手，看着眼前这片规划中的陵园向他提问："假如这里的墓穴数量除以三的结果余一，除以五的结果余四，除以七的结果余二，那么这里共有多少个墓穴？"我感到阿扑的颤抖在渐渐平息，他空洞的眼眸里似乎有了神采。过了良久，阿扑喉咙里发出了低沉的呜咽，我听见他说了一个数字：1024。

"他说什么？"工作人员不解。

"1024。"我激动地握紧阿扑的手。

工作人员不会明白，为啥1024这个数字能让我激动得难以自抑，就像地下党员听见了接头暗号一样。只有我知道，这是经典的中国剩余定理算题，只要他还是那个阿扑，那他就一定能够解出来。虽然没有了多巴胺，但他还是那个他。

"第二个问题，你还记得我是谁吗？"我满怀期待地盯着阿扑，他的嘴唇抽搐了半天，还是没有说出我的名字。我想，他大概已经失去了绝大多数的记忆了，这样也好，他终于服下了孟婆汤，虽然遗忘了爱他的人，可也同时忘却了那些悲伤和痛苦的回忆。情人会朝秦暮楚，朋友会背信弃义，唯有天赋的才能永远不会背叛你。可是为何我觉得眼睛酸涩得难以睁开呢？一定是火葬场的烟尘搞的。

我想缓和一下悲壮的气氛，于是随口和工作人员闲聊："现在墓地比房产还有投资潜力，说不定10年后都要摇号或者建立墓地公积金了，要是等到50年后我一命归西，连骨灰都没容身之处怎么办？"这时阿扑突然瞪大了眼睛，嘴里似乎在嘀咕着什么。我赶紧弯下腰去，把耳朵贴近他的嘴唇，听见他喃喃说道："墓穴没了，我可以给你分配，我把里面的骨灰盒踢一个出来。"

只见他的右手手指又开始剧烈颤抖，仿佛是帕金森的典型表现，但我知道，他是在点击鼠标，就像当年在证券公司里给我分配IP地址那样豪气干云。我潸然泪下，他没有忘记我是谁。

我拍拍阿扑的肩膀，安慰他道："50年后也许共产主义都实现了，那时候人们按需分配，想怎么葬就怎么葬，想躺在什么棺里都成，你用不着事先去把棺材里的那位给揪出来。"

阿扑的眼睛很亮，他像是看到了曙光，金沙江和岷江咆哮不已的江流在他的目光焦点汇聚，掉头东去。

（四）

又是半年过去了，春节的时候，我听阿扑的母亲说阿扑接受了开颅手术，病灶基本得到了清除，他可以像一个正常人那样生活了。我兴奋地驱车飞奔去了宜宾，一路上阳光灿烂，天高云淡，连空气中的烟尘都仿佛带着孜然味儿。当我见到阿扑的时候，他正躺在床上玩智能手机，床头有两个空的抽纸盒，他说他刚下载了一个陌陌。

我知道他的多巴胺回来了，阿扑体内的魔鬼觉醒了。不过我认为这魔鬼类似于《聊斋志异》里的赵宦娘、吕无病，是代表着真善美的那一类鬼，是一个好鬼。

我问阿扑最近在忙什么，阿扑说他准备东山再起。他打开电脑给我演示起了他刚制作完成但还没有上线运行的网站，我看见网站的测试版主页上写着："Don't waste your time, Don't be afraid to die." 他解释道，这是"人生一世莫空过，纵然一死怕什么"的意译，问我是不是很信、达、雅？

阿扑说他那天受到我的启发，决心在墓葬界进行一番改革开放。他说他发明了"云治丧"的概念：国家对逝者的骨灰进行集中管理，不设立墓地和墓碑，这样能大大节约空间和土地资源，而家属的祭拜则通过网页或本地客户端进行。家属只需在手机上下载一个安卓应用，就可以对着手机摄像头磕头或者唱一段《往生咒》，客户端会将摄像头采集的视频数据上传到骨灰管理中心，然后存储在所对应骨灰瓮的固态硬盘里。人们的爱和思念会化作二进制的数字，与逝者的灵魂一起永垂不朽。

他说他的网站域名都已经注册了：www.cloudgrave.com，面向全世界不愿做"房奴"的人们，半年后就能够上线。届时人们可以通过Q币或支付宝的方式进行购买，还提供各种增值服务，比如建立逝者的人人网公共主页等等。

"到时候我会给你留一个位置的。"阿扑仗义地拍拍我的肩。

"给我生命中最重要的人留一个位置，无论是IP还是墓穴"，这永远是理科生阿扑最朴素的情怀，哪怕没有了多巴胺，这种情怀也不会消逝。在我看来，阿扑比这个世界上绝大多数的生理正常人都可爱得多，没有多巴胺的世界原来没那么可怕。诚如阿扑当年帕金森病情最严重时他的QQ签名所说："我麻痹、我迟缓、我没有多巴胺，但我知道我是个好男孩。"

阿扑，吾兄，我一直知道你是个好男孩，无论你是一个网管还是一个墓管，无论你有没有唤醒多巴胺，你都从未改变。无比期待着你的"云治丧"网站上线，届时我一定第一时间去死，给你捧场。

▍不散的宴席

　　我的朋友王睿是一名证券经纪人，那年，他在成都洗面桥街的一栋写字楼里上班，他每天起早贪黑，来去如风。除了工作中的交流之外，他不善言谈，可他越不说话，群众就对他越是好奇。

　　群众集思广益地给他贴上了各式各样的标签：高大、沉默、厚重、孤僻、长得像关云长。还曾经有女性朋友声称她们见过王睿的腚，说王睿某次参加酒局，醉酒后脱掉了自己的裤子。我问她们，王睿的屁股成色如何？一位女性朋友比划着说："有点下垂。"另一位女性朋友言简意赅道："大。"

　　为此，王睿饱受打击，他一向以自己关云长般的雄浑体魄为傲，谁知道屁股竟然成了自己的阿喀琉斯之踵。我当时安慰他说，武侠小说里的武林高手就算练成铁布衫功夫，也总是有一个练不到的部位，称之"练门"。比如梅超风的老公陈玄风，就是被正太郭靖用一柄匕首捅入了他的"练门"，惨遭横死。我告诉王睿："你以后和人发生冲突时，就坐在地上和人过招，那样他们就算有匕首也无法插入你的腚，你就刀枪不入了。"

王睿不相信我的歪理邪说，他说天下没有插不到的腚，世上无难事，只怕有心人。所以他从那天起就开始练自己的屁股，每天在办公室做深蹲，走矮子步（京剧里的丑角步伐，头上同时可以顶碗、顶灯），他说这些动作都是锻炼臀部肌肉的独门秘籍。

有一天，隔壁广告公司的穿黑丝的前台在外面敲门，原来是中秋节公司发月饼，她也想送隔壁这位神秘的股票经纪人（也就是王睿）一盒，想搞搞邻里关系。正好当时王睿在办公室里走矮子步，他不想半途而废，于是就一直蹲着走到门口，打开房门。黑丝前台先是吃了一惊，不过还是镇定地说明来意。王睿继续蹲在地上，指了指自己的头顶，示意黑丝前台把月饼放在自己的头顶上，然后他像京剧丑角顶碗那样将月饼一路蹲着顶回到了写字台。

事后我听说了王睿的这种怪异行径，大吃一惊，我问他有没有和人家说谢谢之类的，他说他说话了，但没说谢谢。我问他说的啥，他说："我告诉她，瞧我这基本功。"我对他的这种无礼举动很是失望。王睿不满道："当年关云长接受曹操的赠袍，骑在赤兔马上用青龙偃月刀将袍挑起，这都被传为美谈，我蹲着用脑袋接一盒月饼，怎么就无礼了？"说完他当场顶了一盒月饼，用矮子步蹲到我面前请我品尝，他甚至还独创出了太空矮子步。他将京剧和POPING[1]有机结合，炫耀地表演给我看，嘴里喃喃地自夸："不服不行。"

王睿就这样冬练三九、夏练三伏般地练，臀部肌肉日益发达，这一点在整个洗面桥街闻名遐迩。甚至，他在乘电梯时经常有中老年男性为老不尊，借故和他发生身体接触。王睿为了防止这些人占自己便宜，不得不在电梯里背靠墙壁，紧贴站立，把腚牢牢保护起来。

可老男人们更是魔高一丈。有一次王睿踏入电梯，发现电梯中间空空如也，而四壁却分布着密密麻麻的老男人，他们看着王睿手足无措地站在电梯中间，捂着臀部，慌乱四顾，好不容易瞅准一个缝隙，想把腚贴上去，老男人们却毫不示弱，决不让任何一个屁股从人墙中漏过。王睿说他只乘到了三楼就落荒而逃，然后徒步爬到了十七楼的办公室，爬得腚都快抽经了。

"真是防不胜防。"他感叹道。

可是好景不长，过度的锻炼让王睿的腚产生了化学反应，他跟我说他需要去医院检查一下。我问他出什么问题了，他隐晦地告诉我，腚里面的静脉发生了扩张，形成了一小撮柔软静脉团。我去查了半天百度百科，才明白他说的就是痔疮。

王睿就近去了华西医大附属第一医院。到了医院，他直奔外科，让医

[1] POPPING：属于街舞，一般的POPPIN包括了肩膀、胸部、手臂、腿部等等。

生给自己的直肠做个全面检查。中年男医生看了看他的体检表，告诉他常规体检可以不做直肠指检，王睿说他正是为了这个而来。中年男医生说很痛的，王睿回答说你尽管放马过来。于是医生叹了口气，戴上了乳白色的乳胶手套，示意王睿脱掉裤子，趴在床上。

王睿豪迈地解开皮带，褪下了内外裤。中年男医生恐惧地把头扭到一旁，说你不用脱那么彻底，把腚露出来就行。王睿恍然大悟地把裤子提了上来，把前面给遮住，然后趴在了床上，就像一只待骗的骡子。

我问他当时是什么感觉？

"充实。"王睿言简意赅地答道。

我问他痛不痛，王睿说他当时已经物我两忘，因为他看到了这辈子永生难忘的情景。

"我当时一抬头，就看见了一名黑丝女医生，她和我四目相对。这房间里的治疗床和办公室被一张屏风隔开，她就在屏风的另一侧。但我个子太高，屏风只挡得住我的下半身，挡不住我的头。也就是说，我看不见她的黑丝，她看不见我的腚，但我们彼此看得见对方的脸。我和她的目光狭路相逢，只见她约摸20岁出头，美但不夸张，优雅又不表象，嘴角边有两个浅浅的酒窝，笑盈盈的，风姿绰约。就在这时，男医生拔出了手指，我忍不住呻吟了一声。你知道，这个过程中最辛酸的事情并不是插入，而是拔出，那感觉就像你的家里有一大堆不值钱的家具，平时你不以为意，但当你某天下班回家，发现家具全被搬走、家徒四壁的时候，你还是会感到无尽的空虚。所以我当时失落得忍不住叫了出来。再加上拔出手指时，腔道内的气压陡降，腚眼发出了类似开香槟的清亮响声。"王睿有声有色地讲述着那一幕。

"嘣！"王睿模仿着他被开塞时的巨响，"这声音配合着我的呻吟声，全部传到了那位女医生的耳朵里，我看见她捂住嘴强忍住笑，把头转了过去。"

"我提上裤子，羞愤无比，头也不回地夺门而出，刚走出门没几步我就听见那位女医生在叫我。"王睿说道。

我问他叫的什么，她知道你名字？

"她叫的，'喂'！"王睿回忆道。

"我停下脚步，镇定地回过头，我看见她脸上的小酒窝更明显了，眼波里都是微笑。我以为她要当面羞辱我，我问她有什么想说的？她递给我一张纸说，你体检表忘拿了。我接过表格，主治医生的字迹实在是潦草，我辨认不清。我只好问她，'肉疼'是什么意思？她拿过表格看了看，告诉我是'内痔'。"

"她似笑非笑地走了，背影婀娜，发香犹存，我气得僵在原地，感觉就像漫画里的女性圣斗士被男人摘掉了面具，从身到心都被一览无遗，我只有两个选择，要么消灭她，要么嫁给她。于是我冲上去，问她能不能给我电话。"王睿如此说道。

"所以说你决定嫁给她？"我问道。

王睿不置可否，他只是拿出手机，点开通讯录，像炫耀战利品一般地给我展示那位女医生的电话号码。王睿说："她的姓名很文艺，一看就是从庆山的书里走出来的，你可以叫她薇安，也可以叫她未央。"我比较喜欢未央，因为这让我想起了《肉蒲团》，于是我决定就这么代称她。

我当时问王睿，未央看上了你的哪一点？就算你的腿长得绝世独立，但当时被屏风挡住，她也看不到。

"你不要光看表象，我是一个有内涵的男人。"王睿辩解。

"是内痔。"我纠正道。

就这样，王睿和女医生未央处起了对象，他终于有了丰富多彩的业余生活，再也不用在办公室里走矮子步了。他一到股市收盘就准时溜号，然后去华西医院等未央下班。久而久之，隔壁广告公司的黑丝前台有些不适应了，她忍不住跑来问我，那位基本功很好的哥哥哪儿去了？

"他肉疼，上医院治疗去了。"我冷冰冰地回答她。

黑丝前台锲而不舍地跟在我后面补充："他哪里肉疼？我这有上好的红花油，你帮我带给他，告诉他抹在肉疼的地方。"

我摆了摆手，咬着牙告诉她你还是留着自己用吧，然后我坚毅地扭过头离开，从此以后再也没有见到过这位黑丝，她可能是辞职了，离开了这座伤感的写字楼。我祝福她能找到一个愿意为她走矮子步的男人，那个男人一定拥有比王睿更扎实的基本功。

另一边，王睿和女医生未央的恋爱谈得正有声有色。他们成天形影不离，吃遍了成都的美食，看遍了好莱坞大片。当然我并不关心这些，因为我一个人的时候也可以吃美食、看电影，但是有些事是一个人无法完成的。

我问王睿："那件事你完成没有？"

王睿想了想告诉我："这不是一件事，这是一项事业。就好比你要成为巴菲特，需要一个艰难而漫长的过程，并不是说你赚到了第500亿美金的一瞬，你才算'完成'了，你懂什么叫事业吗？"

"我现在正处于事业的上升期。"他补充说明。

我替王睿量化了一下，算出他正处于巴菲特的1969年，正经历由于金融形势不好而解散了自己的公司的阶段，选择在家修整，静待"杀机"。

我拍了拍他的肩膀，告诉他离第一次石油危机过去、巴菲特重新入市还有整整五年，他还得在家修整五年，他这对象处得，真是细水长流。

王睿陷入了沉思，他说这的确有点冗长，也许他需要涉险入市。

于是他改变了投资策略，他倾其所有，全面出击。他时常发短信来请教我如何短时间内和女人建立起真爱关系。我跟他说："这要结合自己的具体情况而定，具体到你，你可以发挥自己的特长去取悦她。比如，民间都说给女人打洗脚水是爱老婆的极致表现，你却可以推陈出新，用头顶洗脚水，走着矮子步把洗脚盆一路顶给她。"

王睿当即表示可以试试，但是他的臀大肌最近不大好，再走矮子步有受伤之虞。

后来他究竟顶没顶洗脚水给未央，我不得而知，但是他俩确实在短时间内就建立起了进一步的男女关系。王睿在五一假期的时候发短信告诉我，他要和未央去旅游，我不关心他去哪儿，我明白无论去哪儿，他都要勇攀"事业"高峰了。

五一假期的最后一天，王睿把我约出去喝酒。我刚走进饭馆的大门就看见了容颜憔悴的王睿，空酒瓶子已经堆满了半桌。我明白，"洗面桥巴菲特"肯定是遭遇熊市了。

我打开一瓶啤酒一口气喝掉一半，问王睿："是不是她突然来那个了？"

王睿摇摇头说："我们总共计划有三天的行程，头天晚上我为了发扬风格，开房的时候我让前台给开了两个单间，我要让她感觉到我是一个绅士，这叫欲擒故纵。"

我伸出大拇指，夸他真是深谋远虑。

"她没说什么，不过眼神里似乎有一抹淡淡的失望。当晚，我躺在床上百无聊赖，发现床头的柜子里有一些计生用品，我拿起一个盒子把玩，看见上面写着'时尚情趣震动棒'。你别说，我长这么大只在日剧里见过这东西，当下就好奇万分地拆开观摩了一下，觉得没多大意思，又给塞回了盒子里。"

"第二天早上，我去前台办理退房手续，未央在大堂沙发上坐着等我。我把门卡交还给前台大姐，她派人去查房，我很是不耐烦地等着，周围满是排队退房的群众。过了两分钟，我听见前台大姐接了一个电话，然后对着人群高呼'谁是×××（房间号）房的？"

"我说我就是。然后前台大姐用她高亢的嗓音当众宣布：'您使用了一个震动棒，一共是45元，这里是退您的押金，请收好。'"

"在场群众纷纷侧目，打量着我。他们没有看到我的女伴（未央在沙发上躲着），他们认为我一定是一个人来开房，目的就是用震动棒。我身高1米86，体重85公斤，眉眼之间不怒自威，这样的形象居然也会搞这种东西。群众当时震惊得连鼓掌都忘了。"

"我只觉得脸烫到了脖子根，我想挽回声誉，凑上前去，小声跟前台大姐解释'我是拆开了，但我又放回去了……'"

"大姐冷笑着告诉我'对不起，情趣用品都是一次性的，不能循环使用，再说也不卫生……'"

"群众一片哗然，议论纷纷，说这人怎么这样，用完了还想放回去，舍不得花钱就别来开房，买根黄瓜回家玩去啊。我心想这下跳进黄河也洗不清了，我连退的押金都不要了，拨开人群落荒而逃。我看见不远处沙发上的未央正用一种绝望的眼神看着我，仿佛是知道了真相，她一定听到了刚才我跟店员的对话。"王睿满脸无辜地说。

"那她说什么没有？"我颤抖着问王睿。

"她说你应该早点告诉我的，我不反对同性恋，但是你为什么要拿我当幌子。"王睿痛心疾首地告诉我，"然后她就取消了后两天的行程，自己提前回家了，事情大概就是这样。"

我恍然大悟：未央在王睿体检的时候一定就暗暗地怀疑了他，为什么他会哭着喊着非要做直肠指检，为什么他会发出那么销魂的呻吟？这种怀疑随着时间的流逝历久弥新，直到快捷酒店的那个夜晚，未央觉得自己被彻底侮辱了，所以走得这么决绝，不容任何解释。

"对了，李淳我告诉你，我在景区给她表演矮子步爬山，又把腱给扭了，回来去了医院，确诊了臀大肌深度劳损，再也不能走矮子步了。"这位'巴菲特'彻底遭遇了事业的低谷，他可能永远不能东山再起了。王睿喝光了第N瓶啤酒，然后一头栽在桌上沉沉睡去。这不是他的酒量，他只是伤心过度。

当我们做深蹲的时候，蹲到最低点的那一刻是最漫长的，因为你知道站起来的过程更痛苦，所以很多人宁愿一直蹲着，没有站起来的勇气。如果把王睿比作一个大屁股，那么这个大屁股已经失去了澎湃的力量，它还能支撑起人生吗？

王睿来不及思考这个问题，老天很快就和我们开了一个大玩笑。数日之后，2008年5月12日，汶川地震，成都震感强烈，顷刻之间整座城市乱成了一锅粥，人们纷纷外出避难，在各种空旷地带聚集，相互打气取暖。

事后王睿把那天的事情讲给我听时，他用了一种类似赵忠祥主播《动物世界》的语调，平缓又肃穆。他说他先回了趟家，确认家人无虞后，给未央打去了5个电话，都无法接通，那天整个四川的手机网络都瘫痪了。于是他决定步行前往，寻找未央。

我问他："你怎么知道未央在哪里？"

"未央胆子小，肯定不敢继续待在医院里，她一定是带着病人一起转移到空旷地带了。据我对她的了解，她肯定是去了华西医科大学的体育场。我们处对象的时候，她就经常晚上拉我去体育场散步谈心，有时看见飞机飞过，她就对着飞机许愿，说就当它是流星。"王睿回答。

"我知道她喜欢体育场，她觉得那里够空旷，就像夏夜的星空一样，能够给她带来安全感。可那是因为我在她身旁，而现在地震了，我却不在她身边，她就算去了体育场，也一定没有安全感。"王睿说话的语气充满了爱怜和忧伤，"所以我就去华西医科大学找她，我家离那里很远，而且马路已经完全堵死，我只有徒步前往。一路上的行人全部举家出城，进城方向就我一个人，逆着人流艰难前行。"

我也经历过那个场面，我对王睿描述的情景完全感同身受。交通瘫痪，通信失灵，人们四散奔走而举止无措，完全就是科幻电影里的末日景象。但当你心里牵挂着一个人的时候，就算前方是地狱之门，你也会义无反顾地迈进去。

"当我走到华西医科大学时，已经是傍晚了，我的腿都快断了。我看见体育场里密密麻麻满是避难的人群，少说也有上万人，当时天色已暗，我很难一眼就找到她。我举目望去，足球场的草坪上有几十顶画着红十字的帐篷，我估计那是华西医院给病人准备的临时病房，我想未央应该在里面坚守岗位。于是我就一顶帐篷一顶帐篷地挨个走进去，想看看未央在不在里面。当时已经开始下雨了，是地震雨。"王睿深吸了一口气，面色凝重，仿佛又回到了那个闷热又湿润的夜晚。

"帐篷太低太矮，我个子高，在里面根本站不直，弯着腰又像在慰问死者，好几次差点被病人家属轰出去，于是我灵机一动，干脆走起了矮子步，在数十顶帐篷里进出穿梭，这下可方便多啦！虽然屁股剧痛无比，但是我还没有失去走矮子步的能力。"王睿继续说道。

"那帐篷里的群众是怎么看待你的？没有轰你出去吧？"我忐忑道。

"那当然没有，他们纷纷指着我说'瞧他这基本功'。"王睿自豪地告诉我。

我爱怜地捏了捏王睿的小脸，感动得说不出话来。

"我终于在其中一顶帐篷里找到了未央，当时我觉得我的大腿根部已经疼得没有知觉了，可我还在机械地前行着，汗水和雨水湿透了我的头发，一滴滴渗入我的眼睛，我什么都看不清了，但我听见未央在叫我。"王睿激动地说。

我觉得我的眼里也有泪水涌动。

"她上来想扶起我，但是我已经站不起来了，她不得不叫来几个男医生一起把我抬到了病床上，其中一位就是给我做直肠指检的那位，他也认出了我，对我会心一笑，感觉就像老朋友。说来惭愧，我去了非但没能照顾未央，还成了病友里的一员，占据了人家一张宝贵的病床。"王睿讪讪地笑道，"未央抱着我，在我耳边说，我知道你一定会来的，我在别的帐篷里听见有医生说这边有个疯子在帐篷里走矮子步，我就知道是你。"

我早已是泪流满面，我禁不住轻轻抚摸着王睿的腔，它裹着厚厚的绷带，早已失去了往日的弹性，变得僵硬无比。

我问他你觉得值吗？他说为什么不值？每一根绷带都值，哪怕下半辈子坐轮椅都值。

可未央还是走了，她被调去支援灾区，然后和王睿渐渐失去了联系。

我不知道在未央的心中，王睿还是不是那个拿女人当幌子的男人。可是我知道遗憾一经铸成，再也无法挽回。人生就像股市一样起伏，可感情不像，它一旦跌落，就像一个人在深蹲时扭断了腔，再也无法站起。

之后，很长一段时间里，王睿身边的女人来来往往，却没有人驻足。他越来越宅，永远在办公室日理万机。他单身太久，以至于被广大人群怀疑他具有生理缺陷，或者得了HIV。他那段时间唯一一次被女人碰触身体，还是除夕夜的时候在街上被一个站街女调戏，就像当年在电梯里被一群中老年男人围着摸腔一样。

It seems like yesterday, it was just a dream. Those days were gone，just memories.（那些事情看起来就像发生在昨天，它仅仅只是个梦，那些日子过去之后，留下的仅仅是回忆。）

有一次，我因为工作问题，和王睿从宏观层面讨论了一下证券市场，谈话最后，他发给我一张上证指数20年来的走势图。一张曲线起起伏伏的走势图。

如同王睿的人生或我们自己的人生——起伏跌宕。

现在，王睿已经重出江湖，他赶上了中国证券市场的这次大牛市，在上证指数又一次回到巅峰时，及时放出，他无论是在股市还是在情场上都赚得盆满钵满。

祝福他，希望他不要忘掉初心，以及他的基本功。

程序正义

王睿是一个木讷而无趣的男人，他白天忙工作，晚上忙健身，永远都在日理万机。上班的时候，他都恨不能从办公室去洗手间的路上都要叫辆出租车（以节省时间），他绝对不会在股市收盘前离开办公室半步。

王睿的生活就像一个循环执行的程序，他每天下班后都要到附近的西南民族大学操场上跑步，一跑就是10000米，然后汗流浃背地回办公室冲澡。"饶是这般锻炼"，他却还是成天病魔缠身，腮腺炎、感冒、发烧、咳嗽长期不愈，以致于我们一度怀疑他感染了HIV。我和几个哥们儿在QQ群里合计，王睿既不喜欢男人，也从不嫖娼，他甚至好几年都没有性生活了，根本就没有感染源，他难道成了人类历史上第一个凭空获得HIV病毒的患者？

当然，这只是个笑话。

王睿自己也在这个QQ群里，他对我们的风言风语不置可否，依旧沉默寡言地辛苦劳作，他那灰暗的QQ头像就像死水一样沉寂，没有一丝生命的气息。我们"崇拜黑丝"协会主席刘志航忧心忡忡地和我聊，说不能眼睁睁地看着一个"丝协"成员就此沉沦。他问我，HIV携带者通常有多久的性命？我想了想告诉他，这个说不清，因人而异，比如电影《最爱》里的郭富城，本来活蹦乱跳的，一结婚就死了。

刘志航当场拍板，向我下达了红头文件，说要保证王睿病发之前不许结婚。我向组织保证我一定监督他，王睿的办公室离我家很近，我在这片儿眼线众多，王睿要想背着我把婚结了，那是绝无可能的。

王睿的办公室位于肥猪市街，周围写字楼和政府机关林立环绕，但是肥猪市街却像世外桃源一般与世无争。各色大排档和小发廊在巷里星罗棋布，它们白天在闹市的喧嚣中静若处子，入夜后，写字楼里人去楼空，肥猪市街却开始在落日的余晖中复苏。炊烟袅袅，酒香四溢，热闹非凡，就算是再高雅的人来这儿，也会被渲染成夜色里的常客。

王睿自称是肥猪市街的市委书记，我经常纠正他。我跟他说："肥猪市街的建制应该是巷，怎么着你也称不上市委书记。"

王睿神往地盯着电脑屏幕上肥猪市街的地图，幽幽地说道，当个"巷领导"也不错，还能管辖这一片儿的刘英。我问他"刘英"是谁？不是《乡村爱情故事》里赵玉田的老婆吗？人家赵玉田在第六季里面都当上村主任了，你一个"巷领导"还能管人家老婆？

王睿不耐烦地用笔在餐巾纸上写下"流莺[1]"两个大字，说你真是个文盲。我愣了一会儿，说这不就是站街女嘛！王睿摇了摇头，他纠正道"流莺"就是"流莺"。我茫然地点了点头，在这一点上，我发现我跟他已经无法达成共识了。

我伸出大拇指，夸赞他真是学富五车，我说："你这么聪明，你是如何感染上HIV的？"

王睿从座椅上一蹦三尺高，大呼小叫地矢口否认他曾经在肥猪市街有过任何不良行为。我示意他不要激动，冷静下来，仔细回忆下。他思索良久，似乎想起了什么，小心翼翼地问我："HIV在市面上有几种已知感染途径？"

我告诉他无非就是不良性行为、血液感染、母婴感染这几种，王睿忧心忡忡地追问我，那在未经"巷领导"批准的情况下被人碰触了生殖器，会有感染的可能吗？

我严肃地告诉他，HIV的传播不需要经过"巷领导"的批准，HIV病毒起源于非洲，不归肥猪市街的领导管辖。

王睿惶恐异常，觉得自己真是有心报国，无力杀菌。我让他把故事从头到尾讲给我听，不许漏掉一个细节，这样我才方便帮他分析病情。

"罢了，这都是宿命，了却君王天下事，留得生前身后名，我自己问心无愧就行。那是去年大年三十晚上，我去西南民族大学跑完步回家的路

---

[1] 流莺：在此指妓女。

上，途经肥猪市街。除夕将近的肥猪市街，餐馆、发廊全都关门闭户，早不复往日夜夜笙歌的景象，我一个人走在冷清的小巷里，觉得全世界孤独得只剩下我一个人了。直到我发现街边的路灯下，还站着一个女人。"王睿说道。

"站街女吗？"我问道。

"流莺。"王睿纠正道，"这只流莺在一年里最冷的时节，穿着皮草、黑丝和豹纹短裙，站在如豆的路灯下，绝世独立。我毕竟要顾及自己的领导身份，尽量目不斜视地朝前走着，装作什么都没看见。但是她却主动朝我凑了过来。"他说。

"难道她认出了你是'邻导'？"我问他。

"不，她只是过来问问我几点了。"王睿淡然地说。

我心想领导下基层微服私访，群众不箪食壶浆也就罢了，居然还跑去问领导几点了，你当领导是大本钟吗？

王睿耸耸肩表示：谁叫自己是个没架子的领导呢。"我当时就撸起袖子，准备看表，在昏黄的灯光下，我一时有些看不清，正在努力辨认分针、时针的时候，我觉得下身一暖。"他接着说。

"你尿啦？"我问道。

"不是，是那只流莺，她没经过我的批准，就开始进攻了。"王睿满脸喜色又愤怒地说。

"那你当时是什么感觉？"我蹦了起来，紧张得心脏都跳到了嗓子眼。

"你去过玻利维亚的'天空之镜'没?乌尤尼盐沼[1]就像一面大镜子,倒映着无垠的蓝天。我当时就是那种感觉,有一种窒息般的空灵。"王睿此刻还在陶醉。

我告诉他我一直计划着去铁岭象牙山,去看看刘英、赵玉田们生活的地方,玻利维亚还暂时没打算。

"她大概是想等我忍受不了了先开口,可见我静静地站在原地,像米开朗基罗的大卫雕像那样纹丝不动,她终于忍不住开口问我:'大哥,90元来不来?'"

"可我听说肥猪市街的行情价是30元啊!"我路见不平,忍不住插嘴。

"法定节假日,三倍工资。"王睿横了我一眼。

"那你去没去?去没去?"我激动地抓住王睿的胳膊,颤抖着质问道。

"当然没有,你当我是什么人?我当时告诉她,我要回家了。"王睿满脸正气地说。

"那个'刘英'没在没通过你批准的情况下,强行拉你去吗?"我执着地问道。

---

[1] 乌尤尼盐沼:在玻利维亚波托西西部高原内,海拔3,656米(11,995英尺),长150公里,宽130公里,面积9,065平方公里,为世界最大的盐层覆盖的荒原,边缘有盐场。

"没有！在我们法治的肥猪市街，一切都要服从程序正义。"王睿骄傲地告诉我。

我向他竖起大拇指表忠心，说我来生也要做肥猪市街的人。

"然后我挣脱了那个流莺的魔爪，大踏步朝我家狂奔。新年的钟声在身后回荡，我的裆部仿佛带着风。那个流莺锲而不舍地跟在我身后，哀怨地解释着：'大哥，我真的没有别的意思，你不要误会，很快的。'"王睿说道。

"真是术业有专攻。"我赞叹道。

"我们肥猪市街的市场细化程度很高的，你别打断我。"王睿面色潮红，鼻翼抽动，仿佛回到了那个百年孤独的除夕夜。"我不禁回过头，看着那只流莺，仔细端详了她。她穿着豹纹短裙、黑丝、高跟，站在空无一人的街巷里，身畔的商铺紧闭，头顶的彤云密布，那真是一个人的天荒地老。"

"两个人，还有你。"我纠正道。

王睿丝毫不理会我的打岔，继续回忆着过往："我当时看见了民间疾苦，觉得自己不能视而不见，我问她为什么大过年的都不回家，我问她家在哪里。她说她老家在云南大理，至于为什么春节都不回家，她说是为了她的弟弟。"

"她要挣钱供她弟弟上学吗？"我鼻子都酸了，我从小就想有个姐姐，哪怕她是一只流莺。

　　"不是，她弟弟早就辍学了，也在成都讨生活，在一家夜总会里当保安。"王睿回答。

　　"那他俩属于同行。"我点头道。

　　"那年她弟弟春节前夕，买好了腊月二十九回家的车票，然后在腊月二十九之前都坚守在岗位上，准备战斗到回家前的最后一刻。"王睿补充。

　　"真是爱岗敬业。"我击节叹赏。

　　"你知道，有钱没钱回家过年，那时候，夜总会里的小姐们几乎都走光了。腊月二十八的晚上，一群醉酒的客人来夜总会唱歌，经理发现小姐们已经不够了，只有把情况如实告诉那群酒客。酒客大发雷霆，说'老子是消费者，是你大爷，没有小姐那就把少爷[1]给我叫来！'"

　　我被深深地震惊了，心想这些客人真是随遇而安。

　　"可是那家夜总会也没少爷，于是经理就让保安队集合，选了几个眉清目秀的去陪那群客人。其中就包括了她弟弟。"

　　"然后呢？"我接着问。

　　"然后就没有然后了，流莺也没有告诉我后来发生的事。总之就是因为这个原因，她选择了在春节留在岗位上，不再回家。"王睿没好气地说。

　　"这二者有何联系？"我好奇道。

---

[1] 少爷：现在引申为KTV包房的男服务员。

　　"她说，她留下，是为了像他弟弟那样的孩子不再遭受这种人间惨剧。"王睿瞪着我说。

　　"真是我不下地狱谁下地狱。"我啧啧称奇，不由得想起了香港以前的一部电影里面的小姐、少爷们互相糟践，比对待敌人还残忍。像王睿说的这样融洽的小姐、少爷关系，我还真是第一次听说。

　　"但我最终还是坚守住了自己的底线，落荒而逃。我根本不敢回头再看那个女子一眼，我怕我一回头，我的理性就会崩溃掉，然后任她在寒冬腊月给我解决生理问题。"王睿怅然若失地说。

　　"你的底线和理性，就一定是正义的吗？"我若有所思。

　　"结果正义不重要，就如你之前所说，重要的是程序正义。你别忘了，我们肥猪市街是法治的肥猪市街。"他义正词严地说。

　　"我知道，你不用重复了。没有你的批准，谁也不许在肥猪市街擅自找站街女解决问题，你这个独裁者，法治个屁。"我对于王睿的官僚主义做派忍无可忍，怒喝道："你的底线就那么重要？程序就那么重要？你看那些弟弟们多么不容易，还有姐姐们大年夜还在风雪交加的马路上艰难谋生，你却为了自己的程序而躲走，真是不丈夫。"

　　王睿被我训斥得面红耳赤，他低着头看着自己的裆部，小声辩解着："党经常教育我们要管好自己的下半身，不要犯错误。"

　　"有时下半身不作为，也是一种错误。"我冷笑道。

　　王睿久久不能言语，他拿起鼠标，默默地打开电脑里的音乐播放器，

电脑音箱里传来了张楚那干净而哀伤的歌声:

这个冬天雪还不下

站在路上眼睛不眨

我的心跳还很温柔

你该表扬我说今天很听话

我的衣服有些大了

你说我看起来挺嘎

我知道我站在人群里

挺傻

姐姐我看见你眼里的泪水

你想忘掉那侮辱你的男人到底是谁

他们告诉我女人很温柔很爱流泪

说这很美

姐姐

噢

我想回家

牵着我的手

我有些困了

姐姐

噢

带我回家

牵着我的手

你不要害怕

……

——张楚《姐姐》

这是张楚的《姐姐》这首歌。我想，王睿定是明白了什么。

转眼间冬去春来，万物复苏，我也原谅了王睿的不作为，决定和他重建友谊。

我去到他的办公室，发现大门紧闭，我很是纳闷，一向不会在股市收盘前外出的金融才俊王睿，怎么会擅离职守？

我给他打去电话，他告诉我，他正在去云南大理的火车上。

"你去大理干吗？"我问他。

"去考察一家上市公司，你知道，我是证券界的。"他回答。

我将信将疑地挂掉了电话，打开百度，输入"大理有上市公司吗"，搜出一条新闻，《大理州承诺将为企业上市开辟"绿色通道"》，副标题是"我州力争两到三年内上市一至两家公司"。

王睿这个骗子，他作为一名领导干部，竟然对组织撒谎。

不过，这个谎言让我如沐春风。有的时候，底线和原则并不重要，

程序正义也不重要。就好比他去大理掩人耳目，也不一定非要经过谁的批准。他终于明白了这个道理，他是去弥补自己之前的不作为去了。

我给王睿发去了一条微信，告诉他，之前的行为不会导致他感染HIV，他是清白。当然，你还是要未雨绸缪，在大理好好保护自己。

然后我回家打开我们"丝协"的QQ群，告诉一直关心着王睿死活的群众，王睿没有得HIV，他仅仅是被吓着了。

可爱不过王睿。

▍贵族朋友

早些时候，王睿还没有注销人人网，他在人人网上结识了一个女性朋友，名叫杨小草。杨小草最开始是我的朋友，可她擅长各个击破，在短短一个月之内加遍了我的所有男性好友，包括在社交网络上无比低调的王睿。

王睿当时的人人网主页除了几篇顾影自怜的日志，别无他物，可社交狂魔杨小草并没有放过他，这让王睿受宠若惊。

我对杨小草这人颇有成见，因为她的搭讪手段已经到了如此境界："同学你是北京人吗？""我不是！""哦，我也不是北京的，真是巧。" 我觉得一个女人像无头苍蝇似的到处找男的搭讪，总归不是一件正经事。但王睿对我的成见嗤之以鼻，他说他自己在人人网上的头像不修边幅，看起来就像个收废品的，杨小草却依然加了他好友，这说明杨小草注重精神世界，是一个有内涵的女人。

　　杨小草是人人网上第一个主动加王睿为好友的女性，王睿觉得自己就像诸葛亮遇到了刘玄德，即将开创出一段古今美谈。他准备从此和杨小草结下深厚友情，全然不顾杨小草的自身条件十分有限。王睿教育我说："刘玄德当年三顾茅庐的时候也是身无长物，寄人篱下，诸葛亮都没有嫌弃过人家，自己又有什么理由嫌弃杨小草呢？"

　　"我们这是患难之交。"王睿总结道。

　　说到这里，不得不提一下杨小草的条件。现在的孩子喜欢打分，但是我觉得有些东西是数据所无法体现的，就像科比的姿势，杨小草的气质。杨小草面无血色，据说睡觉都不卸眼线，"枕妆待旦"。无论是在炎炎酷暑还是数九寒冬，她永远都穿着一件大红色的雪纺连衣裙，那裙子太过耀眼，以至于我时常认为那是一个人站在裙子里，而不是裙子穿在人身上。

　　王睿就是和这样的一个女子结成了患难之交，全然不顾社会舆论。我问他："你和杨小草算是爱情吗？"他摇摇头说："我们俩连手都没有牵过，而且杨小草的内心和她的粉底一样雪白，拿着放大镜都找不到瑕疵。"

　　我不敢相信，据民间传闻，杨小草是一个仗义的女子，为人豪爽大方，跟朋友相处很随便，她居然和王睿相敬如宾，这就怪了。我问王睿："你难道没有听过关于她的流言蜚语吗？"王睿想了想说："杨小草曾经给我一个搞房地产的朋友发过彩信，内容是她自己衣着暴露的照片，我朋友当时就转发给了我。"但他安慰我说："那天晚上正好打雷，移动信号不好，导致信息传输时丢失数据包，所以图片里衣服就变少了。"

我久久不能言语。

杨小草对王睿若即若离，她的私生活丰富多彩，可又绝不和王睿分享。王睿本是一个在感情世界里消极被动的男人，习惯了一个又一个女人来来去去，却从不驻足。但这次他动真格了，他实在忍受不了他的患难之交认识了富贵朋友就弃他而去，他主动给杨小草发去了短信，问她能不能出来见个面。

"我在'古巴热度'和茄友聚会呢，你想过来就过来吧。"杨小草短信回复道。

王睿当时无法上网，于是给我发来信息，问我"茄友"是什么意思，请我帮他百度一下。我当时正在日理万机，便心不在焉地敷衍他道："'茄友'就是一起聚会吃番茄的朋友。"

过了两分钟他又问我，能不能帮他在网上问问："怎样才能装作经常吃番茄的样子？"

我放下了手里的工作，在百度百科里找到了番茄的词条，只见功效一栏赫然写着：对于男性而言，番茄的作用十分显著，茄红素可以预防前列腺癌。

于是我推理出"茄友们"聚在一起吃番茄的原因是他们前列腺不好，

所以定期集体摄入茄红素，以增强前列腺机能。我把这情报告诉了王睿，他十分激动，声称他的叔叔就是得前列腺癌死的，他从小耳濡目染，深谙保养之道，这下可算找到组织了。

王睿就这样欢天喜地动身去和杨小草及她的茄友们会合。他说他准备在半路的菜市场买几个上好的番茄作为见面礼，我劝他别这样做，人家那种场合可能不允许自带番茄，搞不好要收你10%的服务费。

"你们这些搞IT的就是小农意识。"王睿财大气粗地奚落我。

他走了，我想象着他和前列腺病友们打成一片的样子，那画面太美，不忍看。

我从臆想中惊醒，发现王睿不知何时回来了，他面色苍白地矗立在我面前。

我吓了一跳，脑海里千回百转了好几种人间惨剧，比如，杨小草其实是一个器官贩子，她把王睿骗到了茄友俱乐部，那里其实是一个活体实验室。犯罪分子们早已严阵以待，他们在番茄里下药让王睿昏睡过去，然后割下了他的前列腺。

我紧张地摸了摸王睿的小腹，不像是刚做完前列腺手术的样子。他悲愤地推开我的手，目光怨愤。我问他到底怎么了，他颓然地坐下，大屁股深陷在沙发里，给我讲述了所发生的故事。

以下是王睿的回忆：

　　我到了"古巴热度"之后，发现那里是个装潢豪华的场所，壁柜里放着陈年的红酒，茄友们三三两两地坐在沙发上，慵懒地品着雪茄。我不由得更加紧张了，心里一阵儿小鹿乱撞，我想前戏都这么高端，我带来的番茄人家能看上眼吗？于是我羞愧地把番茄藏进了裤兜里，尽管这样显得我的屁股很大，如你所知，它本来就很大，所以也不在乎再大一点（虽然神情落魄，但说到屁股，王睿豪情不减）。

　　我一屁股坐在了吧台旁边，我找不着杨小草，给她发短信她也不回，只有百无聊赖地环顾四周，发现旁边坐着一个戴着金边眼镜的中年男人，眼距很宽。我想起我有个远房侄女眼距和他一样宽，一直买不到合适的眼镜，目不能视物。这位中年男人的眼镜大概是在大厂订做的，出手不凡，看来他一定享受医保。于是我热情地凑上去请教那位中年男人，指着他的眼镜，比画着问是在哪儿做的。

　　"帕塔加斯，所罗门。"他嘬着雪茄，含糊不清地答道。我同情地点点头，心想这人连言谈举止都像极了我那表妹，我就从没听懂过她讲的话，他们有自己的一套语言体系。

　　这时候突然有人拍我肩膀，我回头看见了一件大红色的连衣裙，定睛一看裙子里还站着一个人，原来是杨小草！她笑吟吟地问我："你和人家说啥秘密呢？"我把她拉到一边，小声跟她说："我以为前列腺不好的人才来这里，没想到还有智障。"

　　她娇嗔地打了我屁股一下，说："你说什么呢！"然后她问我屁股后面藏着什么宝贝，鼓鼓囊囊的，我只好跟她耳语，说："我等会儿要给大家一个惊喜，我这可是上品。"

"真的？是古巴产的吗？"杨小草喜出望外地看着我，笑得眼线飞入了鬓角，我从来没有见过她看我的眼神像那样亲近过。

我还没来得及回答，音乐停了下来，一个长得有点像舒淇的DJ拿起了麦克风说欢迎大家光临"古巴热度"，今天是世界男性健康日，大家在尽兴之余，别忘了做保健哦。

台下一片奸笑。

我听见了"男性健康日"和人们的奸笑，激动地想，估计数分钟内就要开始吃番茄了，难怪大家这么兴奋。我想这群上流社会的茄友多半只吃剥了皮的番茄，于是我找服务员要了一杯开水，把番茄放进去泡着，那样易于去皮。我端着泡有番茄的杯子向洗手间走去，一路上听见好几个女的窃窃私语："见过怕和别人弄混酒杯，往杯里搁小番茄的，没见过谁放这么大的番茄的，咋不放个西瓜呢，这人有病吧？""有可能是个智障。"

听到有人说我智障，我也没有动怒，只是锁紧了眉头让两眼靠拢一些，盯着那几个茄友，示意她们注意我的眼距，事实胜于雄辩。我就这样不怒自威地走到了洗手间，正在给番茄去皮，突然听见隔间里有两个人在厕所聊天，内容似乎是关于杨小草的，言语甚是粗俗下流，总之就是宣称他们收到过杨小草彩信发来的不堪入目的自拍，分明是想和自己搞破鞋。我当时觉得他们一定在吹牛，且不说中国移动不可能每次都丢失数据包，她和你们搞破鞋图啥？图每天有番茄吃吗？

我剥好了番茄，杀气腾腾地回到了座位上。我发现刚才那个眼距离很宽的中年人正接过麦克风讲话，他竟然能讲出流利的人话，自我介绍是什么会长，而且他一边讲话一边搂着杨小草，举止甚是亲密。

他说杨小草是他遇到过的最有天赋的女人，无论是对于红酒还是雪茄，都是一点即透，悟性惊人。他说有一次饭局，在场的女人七嘴八舌地谈论着在欧洲血拼回来的名牌包，只有她一个人卓尔不群地埋头品酒，并用笔在便签纸上记下红酒随着时间的每一个变化而产生的味道，那个女人就是杨小草。

茄友们掌声雷动，杨小草谦虚地示意大家稍息，并且从容不迫地补充说明，那些傻女人在饭桌上因为炫耀包包而错过的美酒的价格，足够她们每人买20个包了。

会长举起手里的雪茄，说："杨小草就像这支古巴产的帕塔加斯，味道丰富，变化无穷，总能给人别样的惊喜。"说着他得意地捧起杨小草的下巴，但可能又因为被锥得有点疼而缩回了手，于是他把手里抽了一半的雪茄扔给杨小草，当作奖励。杨小草当众嘬起那根黑乎乎的雪茄，茄友们喉结涌动，似乎都在吞咽唾沫。会长满意地笑着，眼距似乎近了很多。

我这下终于明白了，原来"茄友"指的不是"番茄朋友"，而是"雪茄朋友"，原来"帕塔加斯"是古巴雪茄，会长他并不是智障。

我顿时觉得我才是一个智障，我紧张地摸了摸自己的双眼，它俩突然变得遥不可及，就像我和杨小草。我曾经为了拉近和杨小草的距离，努力寻找和她以及茄友们的共同语言，去之前做了好多好多的功课，装载了满满一肚子的学问，变得几乎比泌尿科的医生还了解前列腺。可我却不了解自己的眼距，也不了解杨小草。

我看见会长搂着那件大红色的裙子，里面站着杨小草，她咧开血盆大嘴，媚态十足地笑个不停，我突然感觉那些关于搞破鞋的传闻，和她发给各路朋友的丢了数据包的彩信一起，它们从记忆的回收站里爬了出来，重新萦绕在我脑海里。

可她为什么在我面前就纯洁得像她脸上的粉底呢？为什么她从来就没有给我发过彩信呢？

我想起杨小草曾经问我喜欢喝什么红酒，我告诉她我只喝过张裕，从那之后她似乎就很少再联系我了。如果她知道了我把"雪茄派对"理解成"聚在一起吃番茄"，她会不会后悔认识我这个患难之交？

我正在痛苦地沉思，杨小草娇媚的语音把我拉回了"古巴热度"。她跟大家介绍，说我是她的朋友，让我跟大家讲几句话。

朋友，你真的当我是朋友吗？我觉得我不能给我的朋友丢脸，有必要把我事先准备好的满腹经纶给大家分享一下，虽然他们不一定有前列腺问题，但至少那天是世界健康日，我要让茄友们不虚此行。

我接过话筒，把我事先排练了不下十遍的腹稿朗声诵出："我的朋友李淳告诉我，大家来自五湖四海，因为前列腺而成为兄弟，聚在一起定期吃番茄。所以我给大家带来了上好的番茄，它不是进口货，没有那么多层次的口感，也没有风情万种的外表，但它能让你的前列腺多活20年。"

"当然，除了食疗之外，我还带来了一些更加有效的治疗手段。相信我，我叔叔就是得前列腺癌死的，我诚不欺你。"说到这里我站了起来，转过身去，用我的屁股对着茄友们。我告诉大家，多提臀部，可以起到按摩前列腺的作用。我给他们一遍遍地示范着。

茄友们互相注视了下自己的邻座，纷纷不寒而栗地夹紧了屁股，只有杨小草娇嗔地看了身旁的会长一眼。我装作没看见杨小草，表扬大家做得好，表扬他们已经领悟到了在前列腺中永生的秘密了。

我看见好几个茄友偷偷地掏出便签，记下了我说的话，我想大家果然被杨小草的好学上进所感染，争做有心人，在这觥筹交错的场合仍然不堕其志。我暗暗点头，心想我的方法还有十多种变化，以后一定对这几个茄友倾囊相授。

我最后总结道，每天抽空做十分钟的提臀运动，配合番茄，下辈子都不会得前列腺癌。然后我把话筒还给了杨小草。茄友们默然无语,我看见有几个人想鼓掌,却又碍于身份。杨小草的眼睛里似是有烟波流转,但是被她围棋一般的美瞳镜片遮挡住了,我什么都解读不出来。

人们一片沉寂,只有歌声照旧。音箱里传来罗大佑的老歌:"有个贵族朋友在硬币背后,青春不变名字叫做皇后;每次买卖随我到处去奔走,面上没有表情却汇聚成就。"

在歌声里,我当着所有人的面,不卑不亢地吃完了我带去的两个大番茄,然后提起臀部拂袖而去,和这群贵族朋友说了声再见。

王睿终于讲完了他的故事,而我却不知道说什么好。

"我最后再问你一个问题,问完我就和杨小草相忘于江湖,无论答案是什么。"王睿目光深邃地向我保证。

"爱过。"我回答。

"不是这个。我想问的是,作为一个IT人士,以你的专业眼光来看,移动信号不好,真的会导致彩信图片丢失数据包吗?"王睿满脸真诚地问道。

我沉默良久,回答他:"是的。"

"我的电脑显卡有问题,很多日剧播放出来,女主角也变得没有衣服。"我用专业知识给他吃了一颗定心丸。

王睿长出一口气，嘴角泛起一丝微笑。他信守诺言，从此注销了人人网，和他的患难之交相忘于江湖，我知道在他的世界里，番茄仍然是番茄，并没有变成雪茄。但我明白，他的患难朋友，再也不会回来了。

第二章
熊孩子，你够了

也许你见过熊孩子，但你绝
没见过这般熊孩子。

牛建国你听到了吗

大学四年里的每一个夏天，我都会回到盐道街，那条东西朝向、蜿蜒如蛇的街道。

那里有我的母校，在那里我度过了初中、高中六年的时光。

通常，我与牛建国相伴。每次回去，学校的门卫都会警惕地拦住我们，上下打量着不穿校服、笑容邪恶的我和牛建国。门卫手里紧握着步话机，随时准备召集保安同仁蜂拥而出，和我们血战到底。

牛建国眼角略弯，嘴角上翘，露出他那著名的蛊惑人心的微笑，告诉门卫说："我俩都是盐道街中学的毕业生，回来看望老师、学弟和学妹。"

门卫不信，说必须有老师、学弟或学妹出来接我们，他才能放行。

我怒从心头起，心想我上一次听说这种规格的门禁，还是在美剧里看到的警察局缉毒科办公室。我正准备发作，牛建国笑嘻嘻地和门卫勾肩搭背，指着远处的逸夫楼说："老师在诲人不倦，学弟和学妹在聆听教诲，就不要打扰他们了。你如果不信，就跟我到校史陈列馆里去一趟，里面有我的照片和名字。I'm in the Hall of fame.（我在名人堂）"

"就是名人堂。"牛建国看着一头雾水的门卫，无可奈何地用四川话补充说明。

门卫将信将疑地放我们进去了，大概是觉得名人堂的成员得罪不起。我边走进校园边问牛建国，你的名字真的在校史陈列馆里？难道是因为参加英语竞赛获得全市倒数第一？

"你真是狗嘴吐不出象牙！哥那是全国数学和物理竞赛都获得一等奖才名垂校史的。难道你没在陈列馆里见过我？"牛建国大发雷霆。

"没有，我只见过暴露。"（暴露是我们初中邻班同学，真名叫景露，因为获得过文体方面的大奖而进入名人堂。在陈列馆里的照片中，景露身着体操服，体态婀娜，身姿窈窕。和我一起参观陈列馆的同学张志立当时抿了抿嘴唇，指着她的名字一字一顿地念道"暴露"，从此"暴露"之名流传江湖。）

"你真是低俗，和我共事这么多年都没把你改造好。"牛建国一边侧头看着身边走过的衣着暴露的小学妹，一边痛心疾首地教育我。

（一）

牛建国是我的兄弟，我最好的中学同学。他小脸细眼，巅峰时期被称作清秀版的黄立行，最爱穿着夸张的EVISU牛仔裤在成都各大夜店招摇过市。他爱唱Rap，自称"黑炮王"，群众问他什么叫"黑炮"，他耐心地解释道："Hip-Hop没听过吗？音译过来就是黑炮，你们这些山炮。"

我和他从初一开始就在一起形影不离、无恶不作，陈寿在《三国志》里形容刘、关、张的"寝则同床、食则同桌"都无法形容我和牛建国的革命友谊，你能想象刘备如厕的时候关羽把青龙偃月刀扔在一旁，专心致志地给大哥叠纸吗？

而牛建国就和我"便则同厕"，他要求我在他如厕的时候对他无微不至的照顾，像关羽、张飞一样站在刘备身后侍立终日。

牛建国出生于医务工作者家庭，他母亲是一名出色的儿科医生。对他一直严加管教，进行了鞭辟入里的卫生观教育。他高中时先斩后奏地打了耳洞，他母亲发现后第一反应不是抽他，而是一声不吭地进屋摸出了一支破伤风针剂，扎得牛建国哭爹喊娘。以致我后来文了文身再去他家里玩，都必须带上我的健康证，我在和他母亲问好的时候就装作不经意把证件掉落在地。她母亲拾起来，翻到印有"HIV抗体阴性"的页面，慈祥地一笑，批准我和牛建国建立友谊。

同理可知，志行高洁的牛建国对于大便的善后事宜也高度重视。他接受且只接受"清风"一种纸巾，而对"心相印""唯洁雅"等其他名牌的纸巾嗤之以鼻。有群众问他为什么只信赖"清风"，牛建国神秘地一笑，告诉群众清风纸巾有一种卓尔不群的幽香。他看到群众大惑不解，于是把刚擦完屁股的手伸到他们鼻孔前："闻到没有？这就叫'赠菊清风'，手有余香。"

除了品牌的选择，在纸巾的使用方式上牛建国也独辟蹊径。他手把手教我如何把一张纸巾叠成厚实的正方形。他拿着叠好的纸巾当着我的面擦拭了屁股，他双目微闭，剑眉紧锁。我问他是不是不舒服？他回答我说那感觉就像冬夜里的一杯咖啡。

"擦在屁股暖在心。"牛建国总结道。

他提着裤子站起身，把没用完的两张正方形清风纸巾递给我，热情地招呼我也来试试。我恐惧地摆摆手，说我不喜欢喝咖啡。牛建国无奈地摊摊手说："你就是个粗人，怪不得只知道'暴露'。"然后他扬了扬手里的纸巾，志得意满地吟出一段饶舌的话语：With the tissue in my hand I'm a bad man, With this tissue I have a great ass, I'm a bad man, I'm the king of ass.(这个纸巾在我手中，我就是个坏男人，带着这个纸巾，我拥有了一个引以为荣的屁股，我是一个坏男人，我是屁股之王。)

他见我始终体会不到他的感受，苦着脸又说了一句："Did you feel me, man？""Sorry, I can't." 我言简意赅地给他饶了回去。

（二）

从初一开始，我就被牛建国培训成了一个叠纸巾高手，通过长时间的生产实践，我可谓"叠遍"成都无敌手。

记得初中上美术课的时候，有讲解手工的课程，老师问我们最擅长的手工活是什么，隐藏于我们班的民间艺人纷纷粉墨登场，自爆出：剪纸、做蜡烛、制作陶艺、掏马桶等高端才艺。而我从容不迫地从衣兜里掏出一包清风纸巾，递给老师，告诉他我能在10秒钟之内把纸巾叠出他想得到的任何形状。这时，班里自爆会掏马桶的张志立带头哄说："你能叠你'小弟弟'的形状吗？"

我一时黔驴技穷，默然地低下头，不出声。这时，一双纤长的手伸了过来，一把拉住我就往厕所跑去，那是牛建国的手，那是我见过最修长的手，哪怕沾满屎我都认得。厕所里气氛凝重，我俩半晌无语，默契地掏出一包清风纸巾开始细细折叠。

我把已经叠成了完美正方形的厚厚一摞纸巾递给牛建国，他把纸巾凑到鼻子跟前满意地嗅了嗅，对我竖起大拇指，安慰我道："不要理会手工课上的那些无知群众，尤其是那个掏马桶的张志立。在厕所里，你体现出的社会价值比他不知高出多少。"

他看我疑惑不解，向我解释道："不是每个厕所都有马桶，比如学校的公厕就没有，在学校的厕所，张志立就失去了他的社会价值。而你在哪里都可以替我叠纸巾，哪怕我在农村蹲茅坑。这就是你的社会价值。"

我感激地点了点头，和他相视一笑，那种默契在之后的漫长岁月里，我再未遇到过。上到高三时，牛建国去了新加坡，离别之前我请他吃了好几顿火锅，辣得他连拉了一星期的肚子。他在厕所里拉得目眦欲裂，他质问我为什么要请他吃那么辣的火锅，我淡淡地一笑，把叠好的纸巾递给他，伤感地吟诵道："劝君更尽一杯酒，西出阳关无故人。"

牛建国到了新加坡以后，很长一段时间他的MSN[1]签名都是"清风不与牛郎便"，在他的MSN好友里大概只有我明白这签名的深意。

有次，我在初冬的成都兰桂坊街角等人。我站在星巴克的大门外，凛冽的北风袭来，我缩着脖子望着星巴克里亮着的温暖的灯光，于是我走了进去，要了一杯摩卡咖啡。

温润柔滑的咖啡顺着食道进入我的消化系统，温热了我的全身，我甚至觉得我的菊花都如坐春风。我想我终于体会到了牛建国当年在盐道街中学厕所里所说的感觉。

我想对身处地球另一侧的牛建国说："Did you feel me, man？"

（三）

上初中那会儿，我一直是一个面如冠玉、肤若凝脂的小白脸。当时

---

[1] MSN：微软发布的一款即时通讯软件，可以与亲人、朋友、工作伙伴进行文字聊天、语音对话、视频会议等即时交流。

班里早熟的群众摸着脸上的青春痘，艳羡地问我是如何保持面洁如镜的。我羞涩地捏了捏自己的小脸，谦虚地告诉他们："可能因为我还没发育。"

群众在背后议论纷纷："怎么会还没发育呢？整天比谁都荷尔蒙旺盛。"

"他一定是骗我们的，他这个骗子。"大伙说道。

我对群众的诋毁不屑一顾，牛建国倒是会替我愤愤不平。我低调地告诉他不用在意，我经得起多大的赞美，就受得住多大的诋毁。群众就是把黑的说成白的，我仍然是那个如女人般冰肌玉骨的李淳。

我的冰肌玉骨却在初三那年的春天发生了逆转，我变成了一个满脸胡楂、青春痘此起彼伏的青春期少年。这一切都要归功于牛建国，我甚至认为他就是那些对我怀恨在心的群众花钱收买了来毁我容的卧底。

那年三月，牛建国在我们学校外的一个偏僻的废弃工地上发现了一位神秘的中年妇女，该妇女来历可疑，背景不明，所从事的行业为烤土豆。她在工地的一角支起一口小铁锅，用液化石油气罐加热、生火，油炸土豆和豆皮。

我一直很疑惑牛建国是如何找到这种偏僻的工地的，那时的他还没有谈女朋友，不存在有任何不适于青少年的不良行为的可能性，他只能从事一些自食其力的娱乐活动。所以，发现这个偏僻的工地以及烤土豆的女人这件事成为了盐道街中学历史上最大的谜题之一，他到现在都没告诉我真相，他只是反复强调，他是被炸土豆的香味吸引到工地上的，说那就是宿命。

现在回想起来，那用地沟油炸出的土豆和豆皮，实在是比汉堡、薯条还过分的垃圾食品，满腹油脂、毫无营养。可如果说我是一个像猪一样好养活的孩子的话，那牛建国就是比猪更好养活的孩子。他对于美食的标准简单而低劣：只要有盐、味精、辣椒，而且辣椒放得足够多就行。而这中年妇女的炸土豆正好投其所好。

那个春天太过久远，因此，那时还没有Google Earth（谷歌地图）的存在。不然每一个使用此服务试图窥探成都盐道街地貌的网民都会看到，每天中午，在那片人迹罕至的废弃工地上，有两个体型偏瘦的十四五岁的青少年，其中一人在残砖败瓦上席地而坐，疯狂地往嘴里塞着炸土豆和豆皮，另一人则在一旁躺在地上做着简谐振动[1]。

那个做着简谐振动的青年就是我，我是被辣得躺在地上抽搐。

然后我被辣出了一脸的青春痘，并且就此伴随我度过了初三、高中和大学前两年的时光。

学校里的群众幸灾乐祸，他们三三两两地结伴来到我跟前，对着我的小脸指手画脚："你的脸这下更像一面镜子了。"

看到我没明白他们的意思，他们又解释道："我们在你脸上就像看到

---

[1] 简谐振动：物体在与位移成正比的恢复力作用下，在其平衡位置附近按正弦规律做往复的运动。

了自己的脸，满脸的痘痘，而且你脸上的痘痘正好和我们几个人的痘痘加起来一样多。"

我羞愧得无地自容，气得肺都要炸了。这时我们班的张志立挺身而出，他对我进行了心理疏导："不要难过，福兮祸之所依，这至少说明，你终于发育了。"

我当时只觉老天对我太不公，为什么牛建国吃得比我多，他的脸却始终光洁如昔。我曾经疑惑地问他："你是不是还没有发育？"牛建国说他也不知道。

从那时开始，我再也不吃任何油炸、烧烤类的食物，直到我发育完成，痘痘平息。我无数次陪着牛建国从学校走回家，目睹他丧心病狂地沿途一路吃下去：羊肉串、炸里脊、九九鸭脖、各式烤肉，他往往被烫得来不及咀嚼就咽下去，口水和油脂混合在一起沿着下巴渐渐滴下。我打开一包清风纸巾，叠好递给他，他低调地摆摆手表示不用那么麻烦。

"我的嘴又不是屁股，没那么讲究。"他告诉我。

"是的，连你的屁股都嫌弃的地沟油炸土豆，你居然带着我吃了整整两个月，直到把我吃得二次发育，吃得女性群众对我始乱终弃。我真是宁愿相信你那文艺又爱干净的屁股，也再也不相信你的嘴巴了。"我在心里暗暗咒骂道。

当然，读到大三以后，我的面部皮肤渐渐恢复了当年的神采，虽然不能说像女人般冰肌玉骨，但也算是彻底挥别了青春痘。某日，我在街上碰到了张志立，他惊讶地看着我的脸，端详半天，紧张地问我："你是不是老了？"我笑而不语。

我从牛建国身上学到了的奸诈阴险，此刻可以拿出来用了。我对张志立伸出舌头，表示无可奉告。并且告诉他："你休想从我嘴里套出任何关于恢复容貌的秘密。"

现在，我如果路过当年和牛建国放学经过的那些烤肉摊和小吃店，我也会去买几串油脂呼之欲出的烤肉或麻辣烫，徐徐咽下，虽然我做不到像他那样狼吞虎咽、汁液四溅，但是我觉得我豪情不减当年，我仿佛又回到了那些在工地上做简谐振动的日子。

不知我的简谐振动有没有在地球的另一端引发蝴蝶效应，掀起一场海啸或者至少让那个正在新加坡光着膀子，吃着索然无味的西餐或粤菜的男人——牛建国，感到食指跳动了一下，一下就好。Did you feel me, man?

（四）

初三的时候，每一个晚上，牛建国的母亲都会打电话到我家里，询问牛建国为何深夜不归。我一开始还像模像样地给牛建国编造出各种好人好事，比如，放学后带领同学大扫除、给后进同学辅导功课、积极参加学校举办的课外兴趣小组等等。直到有一天，他母亲在电话里冷笑着质问我：

"你们学校课外兴趣小组的主题是不是叫《星际争霸》[1]？"我终于明白他被他妈逮现行了。

那时的牛建国迷恋于《星际争霸》和QQ聊天，他一放学就去网吧里与网友联网打《星际争霸》游戏或者上QQ与女性网友交心。我问他都和人家聊些什么，他告诉我他在跟人家讲数学题，他夸奖自己是全中国讲数学题讲得最生动活泼的老师。例如，他给一个学妹讲解1到100自然数的连加，他就问人家知不知道什么是结合？1加到100就是把这100个数字分为1-50、51-100两组，然后把这两组给结合了。

后来听说他还跟这位女网友见面了。我追问："你俩干啥了？"牛建国揉了揉满是血丝的眼睛叹息着摇摇头，跟我说他宁愿那是一场噩梦，那就是虚幻的网络世界，网友质量良莠不齐。他当时根据接头暗号锁定了网友真身，一睹尊容后他想跑都来不及了，只好赶紧就地蹲下，脱下外套铺在地上，把自己的传呼机（当年还在用传呼机）放在上面，假装是卖二手传呼机的小贩。

我伸出大拇指，夸奖他真是个临危不惧的男人。牛建国苦笑着说当时总算瞒过了那女的，还没来得急收摊呢，一辆写着"城管执法"的福田轻卡汽车就开过来了，无数英勇的城管从车上跳下，将沿途的无证小贩一网打尽，他自己的传呼机也被没收了。

"真是偷鸡不成反蚀一把米！"牛建国欲哭无泪。

[1] 星际争霸：（英语：StarCraft）是暴雪娱乐制作发行的一款即时战略游戏。

　　从那以后，他专注《星际争霸》，再也不给女网友担当数学老师了，这真是埋没了他的才华。事实上，牛建国是我见过的最聪明的人，尤其他在理科方面的天赋可谓万里挑一，所以他可以一边打着游戏上着网，一边照样数理化次次得满分。他母亲后来竟然也放弃了自己的原则，走起了实用主义路线：只要儿子成绩不下滑，哪怕他夜不归宿也由他去吧，只要他不再被城管请上卡车兜风就行。

　　牛建国的飞扬跳脱在高中时达到了巅峰，在高一的一次全成都中学生物理竞赛赛前辅导课上，他的天赋就已经展露无遗。当时老师抛出一个问题，"质量相同的铜球和铁球，用同样的不可伸缩的绳子悬挂于天花板，此绳子恰好能够承受球的重量。请设计最简单的实验，让铜球比铁球的绳子先断裂，不能用剪刀。"

　　那时我也在场，此问题难倒了所有的在场群众。唯独牛建国歪着嘴角站了起来，回答道："只需降低室温，球体会因为热胀冷缩的原理而减小体积。由于绳索不可伸缩，所以体积缩小的球体的重心必然上升，重心上升使得球体需克服重力做功，故处于临界状态的绳索必然断裂。由于铜的比热比铁小，也就是说铜吸收同样的热量后温度上升更多，故铜球体积缩小程度更大，重心上升更高，所以其绳索一定会先断裂。"

　　瞬间来自全成都市的中学物理精英们都惊呆了，大家纷纷把嘴张成了"O"字形对着牛建国。牛建国落座之前还得意洋洋地补充了一句："You got it guys？"

经此一役，牛建国在成都物理界一战成名，无数校内、校外的适龄少女都对他芳心暗许。牛建国乘着物理学的东风，与时俱进地把自己的QQ昵称改成了"刚体"。有女网友问他"刚体"是何意思，牛建国解释道："'刚体'就是在任何力的作用下，体积和形状都不发生改变的物体。这是一种理想化的物体，在现实生活中是不存在的。如果存在'刚体'，那么试想有一根足够长的'刚体'，在它的这端进行敲击，它的另一端就会立刻收到传播过来的振动，比光速还快，这是违背相对论的。"

女网友接着问他："那为什么你叫'刚体'呢？"

牛建国说："这是一种比喻，因为你在互联网的那端想我了，我就立刻能够感受到。"

这个女网友后来成了他的女朋友，这真是物理学史上罕见的浪漫。我们班的张志立曾经东施效颦，自认为在生物界有所建树，就把QQ昵称改成了"海绵体"，并且给女网友讲解，"这样命名的意义是，'海绵体'的一生都碌碌无为，除了在我想你的时候。"

女网友去查了查生物书，然后就在QQ里把张志立拉黑了。

天才只有一个，岂能照猫画虎。

但是天才也有堕落的时候。牛建国上高中后仍然对学习不感冒，成天在网吧泡着，他已经挥别了《星际争霸》，投身网络游戏界，玩起了

《热血传奇》[1]。那是一个更耗时耗力的无底洞游戏，他晚上打游戏，白天打瞌睡，根本没有时间学习。尽管如此，他的考试成绩仍然能在我们这省重点的理科实验班里维持前十五名的水准，我问他哪来的时间复习，他告诉我考试前两天不眠不休、通宵复习。我问他是超人吗？怎么可以两天两夜不睡觉。他说别忘了他出生于医学世家，他从他家书房浩如烟海的药科典籍里研究出一个偏方：将止痛片用烧红的铁丝触碰，然后将止痛片被高温气化后的烟雾吸入鼻中，这样吸一次能保持一整夜的清醒。

我将信将疑地将此偏方抄录在了笔记本中，至今没有使用过。我还是倾向于喝几罐加热后的红牛。

牛建国就这样逆天而行，和自己当年的誓愿渐行渐远。记得入学时，他信誓旦旦地告诉我，他的志愿是考入清华大学建筑系，可他的成绩连上浙江大学、上海交通大学都悬。更让他的万千粉丝心碎的是，高二时他参加的全国数学和物理竞赛，只拿了两个三等奖。

没有什么比传奇的死去、偶像的凋零更让人心碎了，盐道街中学牛建国的那些脑残粉们甚至为此专门创作了一首现代诗：

我爱你，曾经的数学大师/ 我爱你笑起来时眼角的一缕奸情/ 我更爱你被蹂躏后苍老的容颜/ 数学的精灵从天堂堕落人间，在喧闹的街市摆起

---

[1] 《热血传奇》：是盛大游戏2001年推出的一款大型多人在线角色扮演游戏（MMORPG）。

了地摊/ 你卖着二手传呼机，你躲避着城管/ 围观群众聚集在你的身畔，高呼着/ 回来吧，牛建国！

这诗稿几经辗转流传到了牛建国手里。他拿着稿纸打了打节奏，然后大笔一挥在末尾加上了一句"Did you feel us, man? "

"这样显得'黑炮'多了。" 牛建国满意地点评道。

时光荏苒，转眼到了高三。当时成都市教委和新加坡的高校进行了合作，在成都市高中生里择优选取，录取学生到新加坡国立大学和南洋理工大学学习，并提供本科全额奖学金。牛建国告诉我，他妈妈想让他去。

我没说什么，只是祝他好运。清华他是肯定考不上了，除非在高中全国数学联赛中再拿个一等奖，并参加冬令营，才有保送清华的可能。但他已经抛弃数学多年了，要做到谈何容易，不如曲线救国，去新加坡国立大学也是不错的选择。

那时的他认真准备了一个月，不负众望地考取了。在高三下学期，他就要去到那个地处热带的国度，与我南北相隔。他来学校的时间越来越少，偶尔来学校，他也是坐在最后一排看漫画或者玩文曲星[1]，根本不听讲。

他告诉我他报名了六月份的全国数学联赛，想在走之前给母校再争取一点荣誉。

[1] 文曲星：当时流行的一种电子词典，可供学习与玩单机游戏，如俄罗斯方块。

"我要让我的名字在盐道街中学名人堂里出现两次,那样同学们在参观陈列室的时候就不会只记住'暴露'了。"他摩拳擦掌地发着誓。

男人的誓言往往是不可信的,尤其是他这种不靠谱的人。所以,后来的他压根就没去参赛,他说是因为他睡过头了。我知道他即使去了也拿不到名次,他的做法叫知难而退。当年那个咬碎钢牙、用钢丝烫止痛片当鸡血打的牛建国已经一去不复返了。

他漂洋过海、跨越了赤道,去新加坡念大学。

后来,牛建国在新加坡工作,并且在读在职博士,专业方向是信息安全。很长一段时间里我没有他的消息。

直到那天我去机场送我的堂哥和堂嫂,他们技术移民去澳大利亚。在安检处我抑制不住流眼泪,但又拼命忍住。我想起我之前一次在机场落泪,还是十年前送别牛建国的时候,那时我和他在机场相拥而泣,哭得梨花带雨。

正想着,我的手机响起,是牛建国的女友打来的电话。我接起电话,问她是不是要给我介绍对象,我还跟她说我现在正日理万机,主要的精力都放在四化建设上呢。

她告诉我她要给我介绍男朋友,然后电话里一个熟悉无比的男声响起:"淳荣,我回来了。"

这个世界上,除了牛建国,没有第二个人会这么称呼我。

在去找他的路上,我看着机场高速路周围林立的建筑风一般地后退,就像电影倒带。我的脑海里顿时出现了那些倒带一般的时光碎影：

大四的时候，他喝多了，抱着我问我，我的《刀手》里为什么没写他。

大三的时候，他跟在一起6年的初恋女友分手，他坐在我家沙发上，我不知该如何安慰他。

大二的时候，我喝多了住他家，新房子，我一进门就跌倒，把雪白的墙壁蹬了个巨大的脚印，把他爸气得差点吐血。

大一的时候，他第一次回国。电话里他说要给我带双阿迪猎鹰的限量版足球鞋，中国没有卖的。结果他空手而归，不好意思地笑着跟我说，他打《热血传奇》买点卡把钱花光了。

高三的时候，他从家里飞奔到学校和我飞鸽传书，说他母亲在街上开车时，看见一个男生骑着车和一女的勾肩搭背，背着和他一样的书包，穿着一样的校服。他母亲以为那男生是他，当即就把车靠上去意图逮现行，结果靠近一看是我。

高二的时候，作为班级体育委员，我逼着他报名参加校运会里谁都不愿意参加的跳高。他临危不惧地发明了一种亘古未有的"俯越式"跳法（就是像青蛙跳水那样正面跃过横杆），最后由于动作太过危险被裁判取消了参赛资格。

高一的时候，第一节英语课上，老师让大家写一段英语作文进行自我介绍。牛建国想写"I'm a rapper（我是一个说唱歌手）"，结果写成了

"I'm a raper（我是一名强奸犯）"，英语老师给了他0分，还差点把他家长叫到学校。

初三的时候，我是班上的英语课代表。老师让我帮忙批改英语竞赛的初赛试卷，结果我以权谋私，把牛建国的成绩改成了年级第一，代表我们学校去参加全国决赛。他当时的英语水平连定语从句都不会写，但骑虎难下的他，只得腆着脸去参赛，结果当然是连个参与奖都没捞到，成为我校英语竞赛史上最大的耻辱。

初二的时候，期末考试，他考了半个小时就交了卷，然后飞奔出教室。我以为他那么快就答完了，顿时惊为天人，结果考完后他告诉我他根本没做完，是因肚子疼，急着去大便，所以只得提前交卷（当时我们考试中途不允许上厕所，除非交卷）。他还质问我为什么不和他一块儿交卷，这是他上中学后第一次在没有我的情况下独自大便，真是不习惯。

初一的时候，我和他初识。他每天早上在我家路口，吊儿郎当地坐在自行车后架，斜挎着书包，嘴里叼着一串羊肉串，含糊不清地大老远和我打着招呼，等我一起上学。

如果你认为，这就是我和他的故事的开端的话，那你就错了。

故事的开端其实是这样的：

1984年8月，我出生在成都市华西附属第二医院，当时负责照顾我的住院医生姓牛，是个年轻妈妈，刚怀孕。

　　她肚子里安静沉睡的孩子，日后的名字，如你所料，叫牛建国。

　　不知我发出第一声啼哭的时候，我的兄弟，你在温暖的羊水里是否感觉到了，Did you feel me, man?

熊孩子的最高境界

　　网络上经常有关于"熊孩子"的话题，众多网民们讨论得锣鼓喧天。今年过年家庭聚会时，我的长辈们也回顾了一下我小时候的革命历史。我听了他们的讲述之后，觉我真是天潢贵胄[1]，从小就非泛泛之辈。这里节选三个故事，向大家展示下拳王童年的艺术人生。

（一）

　　我从小就家教甚严，父亲管学习，母亲管生活，奶奶抓思想政治教育，所以我没有当过一天的熊孩子。相反，我小时候是一个民间艺术家。

　　Eminem（埃米纳姆）在他的歌里唱道"Music can alter mood and talk to you（音乐可以改变心情，并能与你对话）"，在他晦涩的童年、

　　[1]　天潢贵胄：指皇族或其后裔。

094

迷茫的青年时光里，他唯有和音乐对话，来调节自己的情绪，让自己有勇气继续与这个世界对抗。

而我小时候是一名画家，成天徜徉在绘画艺术的海洋里，无法自拔。还记得小学时我学过两年国画，当时特别崇拜上国画课的教室墙上贴着的画圣吴道子。那时电视剧正播的是《左宗棠》，左宗棠爷爷年少轻狂，自称"今亮"，意即"当今的诸葛亮"。我觉得自己也是暗合古人，于是第二天我就去学校对我同桌宣布说你可以叫我"今子"。同学问我："你是当今的金龟子[1]吗？"

我指了指教室墙上的吴道子画像说："你真是个文盲。"

绘画不仅是我的业余爱好，还成了我对抗父母暴政的工具。那时的我挨了父母的打骂从来不敢顶嘴，长辈们又齐心协力地结成统一战线，让我无处话凄凉，自我感觉蒙受了不计其数的冤屈。所以我唯有以笔为刀，以画为剑，画出我的愤怒。

其中，有一幅铅笔画，画的是：妈妈在打我，我在喊奶奶救命，文字写的是"送给大爸"。那幅画完成之后，我送给了我大爸（也就是我的大伯）。据我大爸回忆，那幅作品的背景故事是：我在家里踢球，打碎了一个名贵花瓶，被我妈毒打了一顿，然后我被关在卧室里要求要好好反省，写份1500字的拼音检查。

---

[1] 金龟子：在此说的是刘纯燕，1966年8月20日出生于北京，著名主持人、配音演员。

　　我闭关了一下午，然后我王者归来，迈着霸王步走出卧室，把那幅作品递给了我大爸。之所以不给我父母也不给我奶奶，是因为我知道他们官官相护，定然要销毁我的史官直笔。当时我衡量了一下家里的阶级成分，只有我大爸属于群众，于是我亲自题词，把画作交大爸保存。大爸如获至宝，小心翼翼地拿回家里锁进保险柜，一直保存到了今天。

　　当时，我妈揍我时居高临下，手握米尺，当时他那凶神恶煞的眼神被我刻画得淋漓尽致。而我嘴里大呼着奶奶救命，可是屁股都被揍得由青色变黑色了，奶奶也没来救我。可见我在家里地位之低下，基本属于狗不理。

　　当时，我还在画中对房门做了忠实的还原——门里面的锁是锁上的。原来我精心营造了一个布局，看似结构紊乱，实则大有深意：请注意门上锁住的插销。我大爸说他每次看到我画的那个细节时，他脑海里都会激荡起悲壮的《马赛曲》：

　　　　专制暴政压迫着我们，

　　　　祖国大地在痛苦呻吟，

　　　　祖国大地在痛苦呻吟，

　　　　你可看见那凶狠的士兵，

　　　　到处在残杀人民？

　　　　……

真是别有幽愁暗恨生，此时无声胜有声。而且更为难得的是我小小年纪就学会了深藏功与名，没有留下我的大名李淳或者艺名今子，只留清白在人间。

算不算"熊孩子"？

（二）

自从那幅大作问世以后，我妈彻底认识到了我的实力。于是，她怀恨在心，对我进行了残酷的打击报复，成天破坏我的绘画事业。

我当时虽然只有八九岁，但是我对自己的要求一贯精益求精，对作品更是，稍有瑕疵便全盘推倒重来。所以我搞创作时，屋里满地都是我废弃的半成品绘画纸张。

有次我妈终于忍无可忍，冲进来拎着我的耳朵指着地上的废纸冲我怒吼："纸不要钱吗？"

我当时好想教育我妈："达·芬奇光画一个鸡蛋就用了上万张纸，我这才万里长征第一步，你真是急功近利、目光短浅！这大概也是众多孩子成不了世界级画家的原因之一吧。"

但我把话生生地咽了回去，不然我的屁股又要被揍青，就算叫破喉咙，我奶奶也不会来救我。因此，我决定忍辱负重，静待"杀机"。

我在我妈的高压政策下暂时停止了绘画事业，表面上对她俯首称臣，成天在家里看书学习，就像刘备在曹操眼皮底下种菜那样韬光养晦。可惜我妈不是曹操，她只当我是个八岁小屁孩，从未认识到我是今子或者天下英雄。终于有一天，我等到了打击报复的机会。

我妈那时热爱缝纫，业余时间就一头扎在家里的缝纫机上织素裁衣，满地都是裁剪后丢弃不用的布絮。我瞅准一次家庭聚会的时机，趁我妈在缝纫机上干得热火朝天的时候，牵着家里的另外几个群众来到了她身边。

我妈惊异地看着一脸严肃的我，不知我要干吗。我指着遍地的破布，恨铁不成钢地对群众摇摇头，厉声喝道："布不要钱吗？"

我的群众路线大获成功，从那以后我妈再也没插手过我的绘画事业。我就像刘备逃脱曹营一样，海阔凭鱼跃，天高任鸟飞。

(三)

我小的时候，挨我妈的揍那是家常便饭，其次是我奶奶，最后才是我爸。但我爸不愧是我爸，出手少而精，总是首战必胜，一击必杀。

他那时候常年在国外读书、工作，很少有机会亲自出手，所以便将所有的出手机会集中在回国探亲的时候。他每次回来都会给我上大课，可我又岂是插标卖首[1]之辈，为了对我爸进行反戈一击，我翻烂了两本《三十六计》的连环画，终于找到了对策。

在一次被我爸揍之后，我捂着滚烫的脸颊哭着回到卧室，拿出了我

---

[1] 插标卖首：意为头上插着草标贩卖自己的性命。

的画纸和水彩笔，抽泣着完成了一幅含泪之作（具体画的啥我已经记不清了）。然后我拿着画去书房敲门，我爸打开门，疑惑地看着我，我忽闪着无辜的大眼睛，将画递给他，指着画纸的白边部分，问他能不能用美工刀帮我裁一下。

我爸认为我是在主动向他示好，他不禁觉得有点内疚。于是他找来美工刀，一丝不苟地裁起了白边，并小心翼翼地避开图案的边缘，裁得大汗淋漓，终于裁好后，他把成品得意洋洋地递给我。

"你爸爸我是学机械出身的，看我这空间感。"我爸自卖自夸，指着完美的页边距给我看，真是比电脑排版出来的还整齐。

我十分感动，然后当场把画撕得粉碎。

我爸的笑容还来不及收起，表情就像被孙悟空使了定身法一样瞬间变得僵硬。

我镇定自若地把碎纸扔进垃圾桶，然后拿起刚才裁下来的白边，向我爸挥了挥说："我要的是白边。"

我爸当时气得发抖，但又找不到理由揍我。他毕竟还是讲理的家长，不愿无中生有地给我编织罪名，这事最终不了了之，以我的大获全胜而告一段落。

这三件事就是让我功成名就的三大战役，让原本强大的势力从此一蹶不振，我在家里彻底翻身。

当然我最终没有成为今子，而是投笔从戎，戴上了拳套。我挥别了我

的艺术生涯，同时也告别了我狂野不羁的童年。春节期间，家人在饭桌上回忆起这些陈年旧事时，我爸一脸的温馨。

这才是"熊孩子"的最高境界。

完美的解决方案

（一）

我是一名售前工程师，简单说来，我的工作角色就是连接一个产品从技术生产到开始销售的一座桥梁。我负责根据客户的需求，给他提供配套的解决方案。

我之所以选择这个职业，是因为我年少时的一位良师益友，他是我的化学老师，用现在的网络语言来说，他当时是盐道街中学全体理科生的男神。当时我的同桌不好好学习，总是幻想成为一名民族英雄，他特别崇拜文天祥和岳武穆（岳飞）。有次上化学课时，他在桌子底下偷看小人书《说岳全传》，当他看到"岳母刺字"那一章时，心神激荡，热血奔流，全然忘记自己仍身处课堂，拍案而起大呼道："我也要在背上刺上四个大字！"

教化学课的陈老师一向平易近人，从不用老师的阶级地位压迫学生，而总是采取民主又清新的教育手段——帮助为主，惩罚为辅。他当时不动声色地走到我同桌面前，没收了那本《说岳全传》，然后抄着手在教室里来回踱步，紧闭丹凤眼，轻挑卧蚕眉——多年以后当我和客户沟通、在脑海里思索解决方案时，我也是这副神情。接着，化学老师走到教室后面拿了一个盛满不明试剂的烧杯，他用棉签蘸着试剂，隔着校服在我同桌的背上写了四个仿宋体大字"学业不精"。

同学们一片哗然，陈老师示意大家少安毋躁，他跟大家解释道："这试剂采用了生物纳米技术，渗透进人的皮肤后会像文身一样无法抹去，但在通常情况下，人是什么也看不到的，皮肤还像是正常的皮肤。"

陈老师问我们听没听说过古人用鸽子血文身，班里的中队委员举手说他知道，江湖人士用鸽子血混合朱砂来文身，平时身上的文身大隐隐于市，只有在人喝酒后才会显露出图案来。

"回答完全正确。生物纳米文身也是同样的原理，不过只有在荷尔蒙分泌旺盛的时候才会显山来。"陈老师就像沙加一样睁开了他的丹凤眼。

我同桌被吓得珠泪涟涟，两分钟前还是豪气干云的"盐道街岳飞"，现在仿佛变成了风波亭落难的末路英雄。他气得浑身发抖，咬牙切齿地小声骂道："陈××是现代版秦桧，陈××是现代版秦桧！"

这位"盐道街岳飞"就这样带着陈老师的刺字度过了他的整个高中生涯，他再也不在课堂上看《说岳全传》，也再也不在每一个本该奋笔疾书的夜晚开小差。他的成绩直线上升，高考时超常发挥，考上了北京某重点大学化学专业。

我问他为什么要选择化学专业，他说他要成为一名化学家，然后找到洗去那个屈辱文身的解决办法。

在高中的毕业散伙饭上，我的同桌在酒过三巡之后，决定把陈年恩怨做一个了结。他去找了陈老师，向陈老师敬酒，他二人把手中的白酒一干而尽。同桌醉眼蒙眬地说道："秦老师，不对，陈老师，我非常感谢您当年对我的栽培，我这几年一直带着屈辱发奋读书，每当我寂寞难耐的时候，脑海里都会浮现出背上那带着血色的四个字'学业不精'，这个文身让我不敢越雷池半步。"

陈老师抚须大笑，他自顾自地干了一杯酒，然后把这个成都市化学界中最大的谜题解开了："你背上的文身你自己是看不到的，你如果想一探究竟，只有让第三方替你见证，所以这注定是一个无法解开的秘密。这个秘密就像达摩克利斯之剑一样高悬在你头顶，督促你好好学习，精忠报国。其实这只是个善意的骗局，那试剂压根儿不是什么生物纳米材料，你想知道是什么吗？"

我同桌当场愣住了，看来"盐道街岳飞"一时还明白不过来这位"秦桧"的良苦用心。陈老师干了最后一杯酒，拂袖而去，他临走前用筷子蘸着酱油在餐巾纸上写了四个字，递给了我同桌。好奇的群众一拥而上，都想一窥究竟，结果大伙生生把那张餐巾纸给撕成了四片。

只见每一片碎纸上都有一个英文字母，合起来正好是一个化学式：NaCl(氯化钠)。

这真是一个现实的解决方案。

（二）

从那时起，我就立志于成为一名和陈老师一样懂技术的售前工程师，事实上我也做到了。大学毕业后我进入了一家IT企业，我们公司的经营范围广泛，从计算机硬件到通信设备，从防火墙到ERP软件，可谓无所不包。不过IT行业早已过了出售单一产品或服务的时代，我们哪怕只卖一个金山毒霸，都可以称作"网络安全解决方案"。不只是IT行业，现在就连宜家的官网都号称自己是"家居灵感和产品解决方案提供商"，这真是一个售前工程师招摇撞骗的时代。

我职业生涯中的第一个解决方案贡献给了我的表哥老徐。老徐就职于一家广告公司，应酬不断，夜夜笙歌。他的妻子善解人意，对他的唯一要求就是第二天睁开眼睛时，能在床上看见他。

可是老徐还是玩大了，有次他酒壮怂人胆，竟然夜不归宿，酒醒时发现自己身处快捷酒店，身边还有不知名的女人，并且那时已是早上八点。他心想这下完蛋了，估计回家后连搓衣板都不用跪就该直接去民政局扯离婚证了。危难之中，他记起了我，他想起我是传说中的售前工程师，所谓无所不通、无事不能。于是他给我打来电话，要我给他出一个可以力挽狂澜的解决方案。

我虽然觉得这是为虎作伥，但毕竟血浓于水，谁叫他是我表哥，小时

104

候还帮我打过架呢。于是我冥想片刻，告诉他回家前在楼下超市买几瓶青岛啤酒，一饮而尽，并切记不要当场吐出来，留着有用。然后让他坚持走到家门口，像一名真正的醉汉那样砸门，直到他老婆出来开门，再当着她的面吐得死去活来，告诉她自己昨晚是陪客户喝酒，喝得失去民事能力了。

老徐将信将疑地收下了我的解决方案，忐忑不安地回家了。半小时后他给我发来短信："我吐完后，老婆一把抱住我，哭着说以后不要为了工作这么拼了。"

我默然不语。

我就这样出卖了我的第一个解决方案，我将灵魂出卖给了魔鬼。从那以后，我成为了一名真正的售前工程师。

（三）

我在职场里春风得意，情场亦不遑多让。渐渐地我发现，泡妞和做解决方案在本质上没有什么区别。你通过技术交流，了解了她的需求，做了自己和竞争对手的优劣势分析，知道了她面临的问题，然后把问题转化为愿景，呈送给她。再配合以商业手段、溜须拍马，只要工作做到位，女人比甲方好搞定多了。

一切都有着既定的模式，A女人和B女人之间的差别，就像"A单位的机房要换设备"和"B单位的机房要换设备"一样，我甚至连解决方案都不用重做，直接把单位名称用工具"查找替换"就行了。

因此，我甚至丧心病狂地泡上了我女友的闺密。

她叫小欣，是我女友的发小。我女友曾经告诉我，她俩亲密得除了男友之外，什么都可以共享。

这下连男友都共享了，也不知我女友知道后会怎么想。

具体怎么勾搭到小欣的这里就不赘述了，这个故事的精华是这样的：

那天我在外地出差，收到了小欣的短信。她语无伦次地告诉我，我女友去她家串门，把我的iPad也带上了，本来准备边聊天边上网的，结果我女友一进门iPad就自动连上了WiFi，我女友当场就夺门而去。小欣问我，这下可如何是好？

我顿时大脑一片空白，为什么我从她家离开时不删除WiFi信息？为什么我出差时不带上iPad？作为一名信息安全专业毕业的学生，我真是百密一疏，这就是"久走夜路必逢鬼"。

我心乱如麻，心想真是要彻底挂了。我目光呆滞地盯着手机屏幕，回顾着我戎马倥偬的售前生涯，那些大功告成的喜悦，那些攻无不克的荣光，就像倒带一般回溯到我的脑海。

我通常在没有头绪的时候习惯戴上耳机，忘掉世界，在音乐中寻找灵感。当时，耳机里传来了周华健百转千回的歌声，"笑你我枉花光心计，爱竞逐镜花那美丽；怕幸运会转眼远逝，为贪嗔喜恶怒着迷；责你我太贪功恋势，怪大地众生太美丽，悔旧日太执信约誓，为悲欢哀怨妒着迷"。

人生真是一本难念的经。

　　我在绝望之中，突然想起了我的成名作，成功挽救我表哥婚姻生活的那几瓶青岛啤酒，我仿佛寻觅到了灵感。"一切皆有可能"，我自言自语道。

　　我打开了QQ，找到了我女友，她灰蒙蒙的头像就像这座城市的天气一样，山雨欲来。我点开与她的对话窗口，那感觉就像打开了一个新的工作文档，顿觉灵台清净，瞬间思路打开。

　　这是我的领域不是吗？在这里我从未失败过。

　　以下是我给女友的QQ留言，我解决问题的水平又创新高：

老婆：

　　小欣告诉了我你刚才去她家了，你似乎对我俩有了一些误会。我在这里做一个自白，这些话我本来是想留到我们订婚后再告诉你的。我一直想送你一辆奥迪TT当作新婚礼物，但是现在囊中羞涩。我打听了泌尿系统的黑市价格，发现想要买奥迪TT，我不仅仅要卖肾，还要搭上一个前列腺才买得起。我相信比起奥迪TT，你还是爱我多一点。

　　所以，我决定结合自己的专业搞点发明创造。你知道美国著名电学家特斯拉吧？他发明了无线充电，解决了全世界人民的能源问题。但由于某些特殊原因，他并没有被众人熟知。

　　而我就是这样一位民间科学家，我发明出了一种无线信号放大装置，它能放大无线路由器发出的信号功率，将其广播范围从20米放大到2000米，并且内置的芯片能够暴力破解他人的无线密码。我正准备申请专利,同时已经有很多客户对我的小发明垂涎三尺,准备将其产品化。他们说我的无线放大器不仅仅是民族的,更是世界的,它成功解决了全世界人民的"蹭网"问题,不过我需要汲取前人的教训,因为我的发明一定会得罪某些利益部门,如若提前公之于世,等着我的就是暗无天日的被追杀。那些客户甚至夸我是"中国的特斯拉",建议我发表专利论文时可以起个笔名叫"哥斯拉"。

可是我并没有那个野心改变世界,也没有野心成为下一个特斯拉或者爱迪生。

所以我决定把专利转让给一家通信设备制造商,一次性获得足够的专利转让费,那不仅仅能给你买辆奥迪TT,还能把我们下半辈子的用网费用都给包圆了。我虽然没有解决全世界人民的"蹭网"问题,但是解决了我们的用网问题。我不是民族的、世界的,我只是你一个人的。

上周,我跟那家通信设备制造商的老总在一家咖啡厅谈判,给他演示我的无线放大器。我在演示的时候,突然发现密码破解模块的程序有一点问题,连咖啡厅那种最简单的、类似于"1234567890"的密码都破解不了。急得我满头大汗,心想过了这村就没有这店了,生意黄了没啥大不了,问题是对我的名誉有损,以后再也没有商家来购买我的专利,也再也没有特工来暗杀我了。我突然想起你的闺密小欣家就住在咖啡厅附近,应该不到两公里,于是我在放大器接收到的无线网络列表里仔细寻找,果然找到了一个叫"xiaoxin"的无线网络,我肯定那就是小欣家的WiFi！

于是我借口上厕所给小欣打去电话，询问了她的无线密码，然后回到座位上，告诉客户我已经成功破解了"xiaoxin"这一无线网络，并掏出我的iPad演示给客户看。我成功连接上了经放大后的"xiaoxin"，并且当着他的面儿下载了一部小电影。客户当即拍板表示愿意购买我的专利，下周就和我签署合同。

那不是冷冰冰的合同，而是我俩的美好生活，是我对你深沉的爱。

这下你明白我的iPad怎么会自动连上小欣家的WiFi了吧？这就是我，一个售前工程师和民间科学家的自白。

Best wishes！

哥斯拉

为了表现得更真实，我用一罐听装啤酒，将易拉罐底部的铁皮剪开，做成雷达形状，将无线路由器的天线插在此易拉罐的饮水口，完成之后，我拍了照片发给她，跟她说这就是差点给自己带来杀身之祸的无线信号放大器。

然后我惴惴不安地等待着她的回复，一如当年我的表哥老徐等待着命运的审判一样。无所不能的青岛啤酒，你能否再行侠济世一次？

半小时后，我看见了她的QQ头像变成了彩色，在电脑屏幕的右下方熠熠生辉。我点开一看，那是短短的一句饱含深情的留言："老公，我冤枉你了，没想到你为了我那么努力、那么拼命。"

历史真是一种循环。

我微笑着关闭了QQ，我知道我又一次给出了完美的解决方案。此时无声胜有声，我的QQ自动回复会替我向女友作答："知我罪我，其惟春秋[1]。"

我抽了一根胜利的雪茄，躺在异乡的床上，恍惚间不知道身处何方。我猛然想起接下来我还有更大的问题需要给出解决方案：那数百万的专利费，那辆奥迪TT，我们下半辈子的宽带套餐费。

我颤抖着打开电脑，想要写一个解决方案，却迟迟无法下手。我垂头丧气地戴上耳机，想找找灵感，里面传来了高旗撕心裂肺的呐喊：

"于是我向前/看今天吃什么/去选择兔子们的死活/因为我自己没有选择/反正没错/追逐/崽子们必须被我养活/让他们继承我的衣钵/变成像我一样的家伙……"

听着高旗的《荒原困兽》，我觉得自己就像一只困兽，奔跑中从不用脑思索。

"如果我有崽子，我不会让他继承我的衣钵，不会让他变成像我一样的家伙。"我躺在床上狠狠地说道。

---

[1] 知我罪我，其惟春秋：出自《孟子·滕文公下》，不论人们如何评价我，我都会坚定地做下去。

我的堂弟证明了时间旅行是可能的

因为久违的腰肌劳损加旧伤复发，所以我每天有75%的时间都是在床上、沙发上或地上趴着度日。可惜，我不去找事，事却偏偏找我。

我有个失散多年的堂弟，他住在北京，上次见他大概还是在他的满月酒上，没错，是他自己的满月酒，不是他儿子或女儿的。俗话说远亲不如近邻，该远房堂弟对我来说还没有在我家附近上班的发廊小姐亲。前几天，他突然加了我QQ，一上来就热情洋溢，感觉我和他的关系比跟谁的都亲。我一时间有些愧疚，心想不愧是首都的孩子，觉悟就是高。

我问他近况，他告诉我他在玩陌陌[1]。我很想说我才想静静地玩陌陌。

[1] 陌陌（momo）是一款基于地理位置的移动社交工具，你可以通过陌陌认识周围任意范围内的陌生人，查看TA的个人信息和位置，并同TA聊天互动。

还是堂弟打破了沉默，他说他前不久看了一篇文章《远比你孤独》，发现作者和我同名，来问问是不是我这个李淳，我谦虚地承认了。于是堂弟高兴得紧着高呼"毛主席万岁"，说："没想到我哥还是个民间科学家！"

我久久不能言语，怎么形容这个好友描述呢，就好比有人问你："知道那个什么吗？好傻啊！"我回答："知道，说的就是我。"然后，这个堂弟淫笑着告诉我，他上大二了，《大学物理》这门课程要交一篇科技小论文，他选的题目是《论时间旅行的可行性》。自从他知道了自己有个民间科学家堂哥之后，他就成天打DOTA[1]、玩"陌陌"，全然不顾交作业的最后期限已近——还有一天的时间。

我不解地问他："你打DOTA，玩"陌陌"跟我有啥关系？"

"因为我知道你不会见死不救的！你一定会帮我写的！作为一名民间科学家，写篇本科论文还不跟玩儿似的。"他这样回答道。

我终于明白了他为啥突然联系我了，把我当免费枪手了。我算是明白了，我只是他的一项技术支持。

我气得直想满地打滚儿，但是因为腰伤在身，只有作罢。我终究是个奔三的老男人了，早就喜怒不形于色，于是我当即便一口答应下来，并且表示保证完成任务。

然后我花了两分半钟的时间，上新浪科技网搜了一篇叫作《时间机器

---

[1] 《DOTA》(Defense of the Ancients)，可以译作守护古树、守护遗迹、远古遗迹守卫，是由暴雪公司出品的一款多人即时对战、自定义地图，可支持10个人同时连线游戏。

理论可行》的文章，复制到文档里发送给他。他通读了一遍，惊叹不已，说如果有"诺贝尔民科奖"，他一定颁发给我，并表示第二天就把论文交给物理老师，分数如果低于90分，他就把老师给退了。

两天后，他哭着给我发来信息，说论文被老师打回来了。老师说见过抄袭的，没见过像他这样一个字不改就抄过来的。他说他的老师当时气得脸色铁青，紧盯着他，仿佛想当场把他退回到娘胎里一样。

我趴在电脑前乐得腰都快断了，我心想：这下没人能救得了你了。

不过我转念一想，终究还是血浓于水，我不忍坐视不管，于是洋洋洒洒敲给了堂弟如下解决方案：

在关于时间倒流的诸多悖论里，有一个著名的"莫扎特悖论"，说你如果手持莫扎特的交响曲曲谱乘坐时间机器穿越到18世纪的奥地利，呈送给尚未写出第一篇乐谱的莫扎特过目，那么这些交响曲的作者究竟应该是谁？到底是你，还是莫扎特，还是时间机器本身？

哲学家和伦理学家们借此悖论以证明时间旅行是不可能实现的。

而我交上这么一篇论文的意义在于：没有人知道这篇文章的作者到底是谁，我说是我自己，百度说是新浪小编。于是，只有承认时间机器的存在才能完美解释这个矛盾。

若干年后，我会乘坐时间机器回到新浪小编写出论文的前夜，把此文档塞给他强行观看。所以，你能说是我抄袭的他吗？

论文的作者其实是时间机器本身。我谨以本论文的存在证明，时间机器是可制造的，时间旅行是可行的。

堂弟阅毕后激动得恨不得从屏幕里爬出来与我拥吻，他表扬我真是不出世的自然科学天才，地方人民真是藏龙卧虎。他以后要积极学习，放眼看世界，再也不玩陌陌了。

"我们物理老师一定不知道他的学生中竟然还有这么一座隐藏的高峰。他知道后一定会退位让贤，哭着喊着推选我担任我院物理系副主任。"堂弟蹦蹦跳跳地拿着论文跑去了学校。

然后就没有然后了，堂弟后来没有告诉我下文。他失踪了，QQ头像永远是晦涩的黑白灰。

也许他真的进入时间机器了，我忐忑不安地揣测道。

那天，我发现他的QQ签名变成了这样："往日不可谏，来日犹可追，愿岁月安稳，现世静好。"我长出一口气，原来他还存在于这个世界。"对世界、对生活的热爱"这就是物理学的终极意义。我没有白教他一场，他这科挂得值了。

第三章
一万分的浪漫

我喜欢你过马路的时候悄悄
拽着我的衣角，多过害怕冷
场故意讲的笑话，我喜欢你
急于讲事情敲出的错别字，
多过反复修改删了又写的漂
亮情诗，我喜欢你想我的时
候就拿起电话，多过评论这
几行冷冰冰的排比句。

远比你浪漫（上）

"我只有一张吱吱嘎嘎响的床，我骑着单车带你去看夕阳。我的舌头就是那美味佳肴任你品尝，我有许多浪漫的故事，要对你讲。"

2002年，我17岁。那是个躁动的年代，在神州大地，我开始了我人生中的第一段恋爱，中国国家足球队迎来了他们人生中的第一次世界杯，美帝人民沉浸在9·11袭击的悲痛之中。当时的我悲天悯人，觉得这件事作为中国的匹夫，我也有一定责任。我跟我女友说："人民群众是无辜的，恐怖袭击不可取，那些恐怖分子，生儿子没有屁眼。"我女友当时还以为我要去帮美国一起打阿富汗，顿时有些紧张，小声地提醒我说："劫机者已经同归于尽了，生不了儿子了。"

2002年的第一场雪，在西岭雪山来得迟了一些。2月的成都，梅花已把春来报，但西岭雪山还是沉寂在一片白雪皑皑中。就在这时，我和我的几个好哥们儿去了西岭雪山旅游。我哥们儿问我为何不带上女朋友，我敛容答到："本·拉登未灭，何以家为？"事实上那时我是比较腼腆，不好意思跟女朋友提这事，毕竟孤男寡女，难免会遭遇一些比较现实的问题。

和我一起去到西岭雪山的，是我的两个好兄弟。其中一个名叫杨若牛，他高大英俊，玉树临风，这些暂且按下不表，单是他那一手傲视全武侯区的篮球功夫，就足以迷倒万千少女。当时很多少女对杨若牛觊觎已久，恨不能以身相许。她们为了得到杨若牛而争风吃醋，彼此人身攻击，甚至不惜"杀敌一千，自损八百"，给杨若牛起了个恶毒的外号叫"吸尘器"。用当下流行的网络语言，即暗恋他的女性不过都是些4分以下的黑木耳。我曾经好奇地咨询其中一名少女，他要是"吸尘器"，你不也成了"尘"了吗？没想到这位少女无怨无悔，轻轻吟出一句宋词："零落成泥碾作尘，只有香如故[1]。"

高中的时候，杨若牛志向远大，立誓长大后要学建筑，要去留学，着实没工夫去搭理那些"尘尘土土"。很多"尘土"向我打听他去美国的目的，我想了想告诉她们："他要去重建世贸大厦。""尘土"的眼里顿时春心荡漾，竖起大拇指说："他真是个浪漫的男人。"

其实杨若牛并不浪漫，他醉心学习，油盐不进，就算全天下浪漫的人

---

[1] 零落成泥碾作尘，只有香如故：出自南宋诗人陆游的《卜算子·咏梅》，意思是，就算沦落到化泥作尘的地步，还香气依旧。

都死光了，杨若牛也会皮坚肉厚地活下去。试举一例，我们高中物理老师是"文革"前复旦大学正儿八经的高材生，核物理专业毕业，却不知怎么要来教中学物理。他是一个有着恶趣味的浪漫小老头，开学第一天就给我们宣布《三大纪律八项注意》，其中一条，物理课迟到者，需在全班同学面前唱一首歌，方能进教室听讲。

于是班里的同学翘首以盼，看看谁是第一个迟到的人，结果居然是杨若牛，他打完篮球后去买矿泉水，结果回来晚了。于是当着全班同学的面，他先是威武不能屈地在门口站了半小时，愣是不开金口卖唱。眼看就快下课了，物理老师笑着告诉他："你这节课不唱，下次物理课继续站门口，啥时候唱了，啥时候回到座位！"杨若牛听后泄气了，他权衡了下利弊，想着留得青山在，不怕没柴烧，他开口唱歌了。他竟然唱了一首《ABC之歌》："ABCDEFG, HIJKLMN, OPQ, RST, UVWXYZ, XYZ, Now you see, I can say my ABC."

我后来才知道，他根本不听任何流行歌曲，而且天生五音不全，能唱成这样，已经算超额完成任务。在当时，全班男同学一片爆笑，而女同学却纷纷崇拜地点评道："杨若牛身陷囹圄却还不失幽默，真是谜一样的男子。"

言归正传，我和这个谜一样的男子一起乘坐大巴来到了西岭雪山。我们爬山，我们滑雪，我们嬉笑打闹欢乐又开心，当晚我们入住了称得上是西岭雪山四大酒店之一的"樱花酒店"。话说西岭的四大酒店"枫叶""樱花""杜鹃"和"阳光"，我们之所以选择"樱花"，纯属听信了另一位同行的哥们儿陈朝阳的谗言。他说"樱花"这个名字听起来很有日本的味道，再加上西岭雪山以温泉著称，难免让人想入非非。我当场拒绝，说别招我犯错误，再说我现在是有家室的人了，不能想入非非。

陈朝阳无妻一身轻，执意要入住樱花酒店。他决定团结大多数，于是跟杨若牛许愿说："你要是同意入住樱花酒店，我就教你一首流行歌曲《香水》。"那个年代，谢霆锋红得发紫，那《香水》亦是街知巷闻。陈朝阳真是替杨若牛设身处地着想，他说："你学会了以后也算是肚里有货的人了，下次物理课再迟到，你就可以让大家'士别三日，刮目相看'。"于是杨若牛便投了赞成票，说樱花酒店这名字一听就很罗曼蒂克，我们都是17岁的人了，要学着浪漫一点。说完他就搭着陈朝阳的肩，走进了樱花酒店，背影一个凝重一个高挑，就像谢霆锋和王菲。我只好悻悻地跟了进去，我没想到这一去差点儿就踏上了不归路。

入住樱花酒店后，才发现我们被坑了个大爹。酒店号称是二星级酒店，没有空调也就罢了，室外的热水管道被落下的积雪砸断，暖气也没了。更可怕的是水停了，尿尿都只有用暖壶里的水冲厕。陈朝阳说他要上个大号，我一把攥住他的皮带，生生将他拖出厕所，拖出房门，指着走廊上的公厕说："停水了，去那里上大号。"陈朝阳抱怨说拉个屎都要跋山涉水，我冷笑着反唇相讥："谁非要住这酒店的，这就是你强奸民意的恶果！"我指了指公厕。"你自己去把这恶果吞下去吧！"

　　更强奸民意的是这酒店晚上竟然把大门锁了，估计是保安想睡觉或者想和女服务员谈理想，擅自脱离岗位，于是把大门一锁了事。我们没法出门，只有在房间里自娱自乐。

　　那个年代没有智能手机，我们出游为了排解在酒店里的无聊时光，通常带上PlayStation[1]和便携式DVD机，以及不计其数的电影碟片。家教甚严的杨若牛的成人礼就发生在那个夜晚，他从光碟盒里精挑细选了一张古装片，挥手示意我们到隔壁房间去。陈朝阳说我还没教你《香水》呢，杨若牛说学无止境，下节物理课前再教不迟。

　　于是我俩灰溜溜地去到了另一个房间，看起了恐怖片《鬼来电》，这部优秀的恐怖片已经被我们看了好几遍，但我们还是选择继续看，因为着实无聊。我灵机一动，提议何不来个恶作剧，吓吓杨若牛。《鬼来电》的剧情是主角接到了语音短信，发现来信者却是自己的名字，打开后是自己的惨叫声，其实就是预告了数日后自己的死去。我们决定也用相同的套路吓吓杨若牛，谁叫他抛弃了我们。

　　我心生一计，找到杨若牛的手机，将他手机通讯录里的"李淳"改成了"杨若牛"，并将他短信铃声换成了《鬼来电》的主题铃声，于是接下来只需用我的手机给他发去短信，他就会听到和电影里一模一样的恐怖铃声，并且看见手机屏幕上出现自己的名字。陈朝阳听完我的方案后，爱怜地捏了捏我的小脸，夸我真是个冰雪聪明的男人。我谦虚地回答说："兵

　　[1] PlayStation：是日本Sony（索尼）旗下的索尼电脑娱乐SCEI家用电视游戏机。

者，诡道也。"

陈朝阳还建议我们俩躲起来，等杨若牛看完古装片来房间找我俩时，给杨若牛发去短信，然后在暗处观察他生理上的大起大落。我有点担心这种交替刺激会不会给他造成什么后遗症，陈朝阳学贯古今地说："反正他的海绵体闲着也是闲着，岂不闻'士兵平时即战时'，我这是在锤炼他。"

我们设置好了手机，开始准备隐蔽。陈朝阳躲进了窗帘后方，我打量了半天，发现房间里已经没有我的藏身之地，陈朝阳指着衣柜示意我躲进去，我便不假思索地钻进了衣柜，当时满脑子都是杨若牛被吓得屁滚尿流的画面，隐约觉得衣柜里有淡淡的异味，也浑不在意。

不知过了多久，杨若牛仍然没有回来，我压低嗓音问陈朝阳："杨若牛是不是识破了我们的毒计？"陈朝阳胸有成竹地回答："不可能，这条毒计之毒，哪怕是司马懿复生，他也会变成我们的瓮中之鳖。"

我只觉眼皮越来越沉重，呼吸越来越困难，我心想杨若牛这成人礼实在有些又臭又长，莫非行完了成人礼，还要家属答谢？我思路慢慢混沌，意识逐渐模糊，觉得胸闷气滞，几欲晕厥，我觉得有些大事不妙，是不是衣柜里氧气不足，我陷入了窒息？但我转念又幸灾乐祸地想道：要是我闷死在了衣柜里，那么杨若牛岂不真的要被吓得半死？

"他的海绵体形势严峻。"这是我跟陈朝阳说的最后一句话，然后我便沉沉睡去。

我在半梦半醒中听见了《香水》的旋律，我觉得自己似乎身处一个深不见底的洞穴，远处有光源，光源处有一个天使在向我招手。我步履沉重地朝天使走去，他的笑容无比熟悉，阳光又俏皮。他挥舞着手中的魔棒，像是一个指挥家，然后他轻启朱唇，对我吟唱道：

风吹着脸

由不得我拒绝

你是从不停顿的一个瞬间

世界再大

也只要求一点

我再好不过你一个指尖

你爱再浓烈也是条抛物线

你再接近

只不过辜负我的感觉

这声线一如既往地不在调上，但当时在我听来，真是宛如仙乐。我睁开眼，看见杨若牛坐在我床前，深情款款地看着我。

我忘我地问道："你的海绵体？"

杨若牛淡淡地回答："国破山河在。"

我欣慰地笑了，却突然发现他变得鼻青脸肿，脸上黑乎乎的像是刚摇完煤球出来。我惊讶地问道发生了什么？陈朝阳抢着答道你快别说话，让我娓娓道来。

原来刚才那衣柜是新换的，竟然充斥着甲醛！我险些就一命呜呼，幸亏他们发现了我情况不妙，将我救了出来，甲醛中毒并不严重。

杨若牛想打120急救，但是又觉得医生恐怕会认为是蓄意谋杀，一个人怎么会吃饱了没事干把自己关进衣柜里。于是他和陈朝阳商量，决定自己当起赤脚医生。陈朝阳回忆说高中化学课讲过对付室内甲醛气体的方法就是用活性炭进行吸附，他灵机一动说酒店外的楼梯为了防滑，在雪地里洒了很多小煤球，这岂不是现成的活性炭！可惜这酒店居然晚上把大门锁了，出不去啊。

杨若牛说："你看我的。"他走到了酒店二楼阳台，看着半夜雪地里熙熙攘攘迎着月光赏雪景、堆雪人的群众，觉得胸中有暗流涌动。他深吸一口气，奋起英雄怒，对着雪地里的群众怒吼道："你们这群瓜娃子！"

群众们勃然大怒，一边回骂，一边在夜色里四处寻找着骂人者的踪影。他们用标准的四川话四处询问："哪个龟儿子骂的！哪个龟儿子骂的！"

杨若牛挥动手臂回应："是我！是我！"

群众看见了二楼阳台上大摇大摆的杨若牛，然后狂怒着、骂着脏话涌向樱花酒店。群众发现大门紧锁后并未气馁，而是在一位狗头军师的指挥下，纷纷拾起地上乒乓球大小的煤球，向酒店二楼的杨若牛掷去。一些群众投出煤球后甚至就地卧倒，大概是入戏太深以为自己投的是手榴弹。杨若牛不闪不避，因为他需要更多的煤球，他在枪林弹雨中谈笑风生，时不时还捡起一两个煤球，用他篮球二级运动员的臂力进行防守反击，把几名群众打得抱头鼠窜。

双方互有攻守，大概进行了读一首诗的时间。杨若牛突然举手投降，大喊道："不打了，不打了，我要回去当赤脚医生了！"群众惊诧不已，眼睁睁看着杨若牛脱下外套包起满地的煤球，眉开眼笑地冲了回去，消失在他们的视野里，风中回荡着他得意洋洋的歌声：XYZ, Now you see, I can say my ABC……

凭着这招"草船借箭"，杨若牛把数十斤重的煤球铺满了房间的每个角落，我看见我的枕头旁边都堆满了煤球。我就像遭遇事故的矿工正躺在矿井里，杨若牛满面煤灰，风尘仆仆，就像是奋不顾身救我于危难的工友。他握着我的手给我唱着谢霆锋的《香水》，他说是陈朝阳刚教他的，他这是现学现卖，要是五音不全还请我原谅。

我告诉他："这是我这辈子听过的最动听的《香水》。"

我的病情也光速好转，在二人的陪伴下回到了成都。走之前不忘跟酒店算起了总账，这帮奸商不仅不承担我的汤药费，还责怪我们弄脏了房间。

"你们是摇煤球的吗？干吗往房间里捡煤球？"前台的工作人员阴阳怪气地问道。

"你们这破酒店没有暖气，连水也停了，半夜还锁大门，就这样也挂牌二星？信不信老子叫人了。"陈朝阳露出了流氓嘴脸。

杨若牛示意我们不用浪费时间，让我们先走，他最后跟工作人员总结道："你这个瓜娃子。"

开学后的物理课，杨若牛洋洋得意地迟到，站在讲台上大开大合地唱出那首《香水》，男同学们笑得前仰后合，女同学们谄媚地赞叹道："能把《香水》唱出西部大开发的味道，真是个谜一样的男子。"

而我却觉得这歌声无比的浪漫，以至于我全身的每一个细胞都如沐春风。可惜我的思绪被身后几名男群众的笑声打断，我回过头去，凶狠地对他们说："你们这些瓜娃子。"

男群众吓得目瞪口呆，陈朝阳在一旁不失时机地露出流氓嘴脸："你们再笑，信不信老子叫人了？"

两年后的2004年，我们大一。顶天立地的杨若牛大病一场，住进了医院。他患上了气胸，胸口插满了管子，将肺里破裂的肺泡液体抽出体外。我站在他的病床前，想给他唱一首歌，我自诩武侯区歌艺第一，张了张嘴却无法开口。那个在篮球场上飞天遁地的杨若牛，那个在漫天煤球中睥睨众生的杨若牛，此刻轰然倒下，我却当不了赤脚医生，无法治愈他胸口永远的伤痕。我只有买了一束鲜花放在他床头，以回报他当年给我的床头铺满煤球。我问他这病会不会复发，他笑着说没关系。

杨若牛后来果真去了美国，去了佛罗里达，那个骄阳似火、海滩如画的地方。他果真学起了建筑，他说他要设计出罗曼蒂克的风景，他要做一个浪漫的男人。

当然，我不会忘记当年在他病床前守候着的那个瘦弱的女孩，现在已经是杨若牛的夫人。我至今仍记得他们在KTV合唱《广岛之恋》，杨若牛一如既往地跑调，可是杨夫人的眼里却满是诗情画意。

而我和17岁那年的女友分手已很多年，甚至连她的长相，由于我吸入甲醛过多影响了智力，也有些记忆不清。

但我记得当年我给她唱过那首《姑娘漂亮》：

"我只有一张吱吱嘎嘎响的床，我骑着单车带你去看夕阳，我的舌头就是那美味佳肴任你品尝，我有一个新的故事要对你讲。"

她却说："这一点不浪漫。"

但是我还是有很多浪漫与不浪漫的故事，要继续讲下去，哪怕讲得五音不全，哪怕讲得荒腔走板。

远比你浪漫（下）

（一）

我在利物浦有一个小伙伴，青岛人，1991年出生的本科生，家境优越却不显山不露水，浑身上下只有那副阿玛尼的眼镜深深地出卖了他的身份。在这里可以叫他小帅富，当然那个"小"字是指年龄。

小帅富是一个五讲四美的90后，他懂事又有内涵，他成熟又机灵。他就像《倚天屠龙记》里的道士冷谦一样，不善言辞，但字字珠玑。试举一例：我们经常聚众喝酒，不要他掏份子钱，我告诉他："因为你还小。"他问我："哪部分？"我说："年龄。"他反问："那又怎样？"于是大家纷纷语塞，只好遂了他的愿。那天晚上我回家就把他的QQ注释改成了"言简意赅"。

小帅富本科读的专业是电子工程，这个听起来就很硬朗的专业。我回想起我大学学的是数字电路、模拟电路和电磁场等课程，真是气吞万里如虎。我觉得这专业很适合沉默寡言的小帅富，我知道他就像那些冷冰冰的电子器件一样，外表冷清，内心实是微波涌动、电流奔腾。

他其实真是一个外冷内热的孩子。

俗话说酒品见人品，哥们儿纵横酒场数十年，这话讲的是真理。小帅富在酒桌上是一个讷于言而敏于行的男人，他继承了山东人民的光荣传统，把白酒当啤酒喝，把啤酒当水喝。我曾经自认为在酒桌上气势逼人，往往用凌厉的三板斧就能把人吓死，但这招在小帅富面前变得威力全无。

第一次去他家喝酒，我进门就虎须倒竖，将一瓶伏特加和两瓶红酒砸在饭桌上，然后圆睁怪眼，睥睨着着屋里的群众。以我在国内的经验，通常大家看见这阵势就把酒量吓没了一半。谁知小帅富魔高一丈。他不说话，默默地接过我的酒就去了厨房。大家面面相觑，心想他这是演的哪一出？几分钟后小帅富回来了，他依旧不说话，手里拿着一个暖水壶和三个空瓶子。原来他把三种酒全部倒进了暖水壶里，啤酒、红酒和伏特加混在一起，那场面真是凄美如画。

当时我的感觉就像那句歌词：五月的晴天，突然闪了电。我们终于明白小帅富从来不是用嘴在说话，而是用一种魔鬼的语言在说话。

那晚我不出意料地喝多了，气势已经先泄了一地，不喝多才怪，到最后几乎不省人事，隐隐约约地感到是小帅富把我送回了宿舍。

第二天我醒来，已经是下午了。一股屈辱和感激之情涌上心头，我想小帅富真是个心细如发的男人。我艰难地爬起床，发现床头柜放着一瓶威士忌，上面贴着一张纸条，是小帅富言简意赅的字体：

"淳哥，你昨晚喝多了。送你一瓶洋酒，少喝。"

我当时只觉莫名其妙，你送我酒干吗……我看着威士忌酒瓶里那深邃的液体，闻着那清幽的酒香，胃里一阵翻江倒海，冲进厕所一直吐到晚上，接下来的一个星期我都茶饭不思，脾胃不调，见到青岛口音的人都得绕着走，不然见一次吐一次。

这真是史上最困惑的浪漫。

（二）

吴昊是我的大学同学，据说本来叫做吴昆，中学时有同学嘲笑他，说他怎么可能是"悟空"，于是他决定亡羊补牢，跑去公安局给改成了"吴昊"。

他来自杭州，那个杏花烟雨、山明水秀的温柔乡，但我们觉得这对杭州是一个讽刺。因为他身上没有半点江南男子的多情和伤感，他白天打人，晚上打鼾，同时经历过这二者的受害者告诉我，他们宁愿选择在白天被吴昊打。

我刚上大学时住他隔壁，连续一周没有睡好觉，后来就给他起了个外号叫"扑鼾王"，"扑鼾"就是四川话里打鼾的意思，我觉得这个外号完全无法形容他在这一领域里的统治力。

吴昊曾经参加过学校的空手道社团，并且击败过所有人，包括教练。每次上空手道课都有对练的环节，每个和他过招的同学都觉得那是他们人生中最大的折磨（当然前提是他们没和吴昊住过一屋）。吴昊在空手道道场最著名的事迹是一个长得像刘德华的小男生被他折磨了整整十分钟，那个小男生实在没力气了，问他："现在几点了？"他回答道："两秒，直到……"又问："直到什么？"

然后，吴昊一个回旋踢踢在小男生脸上，把他踢成了马德华。

除了空手道，吴昊还是一个足球迷，他是一个为了国际米兰可以放弃贞操的人，虽然他后来没有了贞操，但是他也没有放弃国际米兰。他挚爱国际米兰，视AC米兰为洪水猛兽。但奇怪的是他的卧室墙上贴满了AC米兰球星的海报和插画，我问他："为什么，难道你是卧底？"吴昊羞涩地笑了笑说："假想敌。"

我看着海报，海报上马尔蒂尼、舍甫琴科欲语还休，他们脸上好像有一些凝固态的东西，晶莹剔透，我似乎明白了什么。后来我过生日，吴昊送给我几张英格兰球星的海报（我是阿根廷球迷，讨厌英格兰队），热情地招呼我也贴墙上试试。"投资小，见效快。"吴昊总结道。

我和吴昊真正结下革命友谊，是在足球场上。我们电子信息学院的院足球队就是我和他一手创建的。还记得组队那段时间，他成天去球场搜寻威猛健壮的青年男子，然后扭扭捏捏地凑上前去搭讪，问"同学你是不是电子信息学院的？"

其实我们都知道，他才是真正的电子第一猛男。他豹头环眼，彪腹狼腰，臀部又翘又紧，肌肉极其发达，由于身材太过正点，让很多女孩子被他迷倒。

吴昊是一个称职的队长，他总是以身作则，在球场上冲锋陷阵，勇猛无敌，并经常因此遍体鳞伤。但他天赋异禀，身体具有神奇的迅疾回血功能。四川大学的同学时常能听见足球场传来杀猪般的嚎叫，那是因为吴昊又被铲断了脚踝，但他第二天又会生龙活虎地出现在我们面前，就算再重的伤他也会在两三天内奇迹般痊愈。

就是这样一个强横霸道的男人，其实也是一个罗曼蒂克的男人。吴昊在大四时搬离了学生宿舍，和我在校外租了一套公寓。同住一屋檐下的还有一位叫阿琳的女生和她男友。阿琳是一位大美女，传媒学院的院花，才华横溢，长袖善舞，虽然她已经有了男友但仍是无数川大男生的梦中情人，吴昊也是其中的一员。

吴昊是个讲义气的男人，他绝不会对朋友妻有任何非分之想，他只是把这种倾慕淡淡藏于心中，和马尔蒂尼的海报一样遗忘在世纪末的天涯海角。他对阿琳敬若天神，偶有单独相处的时候，他也是推心置腹，心甘情愿地为女神解决困难。

吴昊是阿琳打《实况足球》[1]的导师。那时阿琳和男友经常在我家对决实况，阿琳巾帼不让须眉，怎奈她初学乍到，不是我们的对手。于是她决定拜电子信息学院第一实况高手吴昊为师，她还没等吴昊答应，一声"师傅"已叫出，吴昊只好放下手里印着马尔蒂尼彩画的《足球周刊》，拿起游戏机手柄，一把屎一把尿地当起了阿琳的老师。

她真是冰雪聪明，进境喜人，在吴昊的悉心指导下，短短半个月就成了远近闻名的游戏女将。她自从出师后，信心膨胀，自觉所向披靡，决定乱拳打死老师傅。于是她向吴昊提出挑战，以培养实战经验。他俩每天较量数场，吴昊竟然盘盘输给她。然后阿琳更是不可一世，回头找男朋友算起了总账。她男友已经没有当年的巨大优势，和阿琳你来我往，各擅胜场。而阿琳偶然观战我和吴昊的比赛，却发现我每次都被吴昊虐得满地找牙。

于是阿琳一锤定音："本公寓的实况足球排名如下：1.阿琳；2.男友；3.吴昊；4.厨房里的苍蝇蚊子和微生物，5.李淳。"论资排辈结束后，她一脸同情地看着我说："你不适合吃这碗饭。"

我当然不和她计较，因为我是个大度的男人，更因为我知道个中隐情。我的实况水平实是一人之下万人之上，唯一在我之上的就是吴昊。大

----

[1]《实况足球》：是为了满足广大足球爱好者和球迷的需求，精心打造的一款3D游戏。

学整整四年，《实况足球》从4出到6，哪怕吴昊用脚趾头操作手柄，也从来没有人能击败他。就像从来没人能在空手道道场里击败他，从来也没有人能在足球场上击败他一样。

但就是这样一个血脉贲张的最强战士，在《实况足球》的世界里，他永远都输给一位美女室友，永远都输给他那生命里的匆匆过客，那个甜甜地叫他"师傅"的小女生。

这真是史上最铁血的浪漫。

（三）

第三个故事属于IT界。如你所知，我是一名IT人士。此圈子是一个枯燥、繁杂、日理万机的道场和修罗界，远远看去，似乎和"浪漫"这个名词搭不上边。

其实那是因为你没有一双发现浪漫的眼睛。

随便举几个例子，都能证明，我这个圈子，无处不有浪漫。

数年前，我曾经在做方案时需要对存储产品（如磁盘阵列、网络存储）进行了解，我上网搜索这方面的素材，听人说《大话存储》这本书在行业内口碑最佳。当时没有时间去买书，于是想去百度一本PDF格式的电子书来看。由于知识产权问题，很难找到电子版，我费了九牛二虎之力才在一技术类网站找到下载链接，我喜极而泣地点击进去，心想分享者简直就是我的再生父母。然后链接进去的网页真让我大跌眼镜：

网页上写着：

《大话存储》电子版下载地址

《大话存储》已经出了很长时间了，已经成为畅销书了，但是囊中羞涩的我们能不能搞到电子版呢？当然是妄想了。

这么快就放出电子版不被抓才怪呢。

你别说，这孙子坏得还挺浪漫的，老子当时骂他八辈祖宗的心都有了，但他的浪漫让我彻底折服。

IT界的另外一个案例，是我的好兄弟张志立浪漫的职业生涯。

张志立在去澳门工作之前，曾经独居陋室，艰苦创业。当时人人网还叫校内网，并没有发展壮大，各路社交网可谓群雄逐鹿。而张志立亦是不甘人后，他试图做出一个一统江湖的社交网站。有群众问他："你是要做出成都的校内网吗？"张志立不屑地一笑，摆摆手走开。他的得力手下同时也是他的程序员阿旺大声告诉那位群众："我们张总的志向是做出中国的'非死不可（Facebook）''非死不可(Facebook)'你们听说过吗？"群众无知地摇摇头。阿旺无可奈何地耸耸肩："你们这群小市民。"

张志立的公司叫"维聚科技"，公司注册地址就是他在成都锦江区暑袜北街的家。那老房子被春熙路、王府井等繁华商业区包围了起来。

每个去过他公司参观的群众都会竖起大拇指，称赞"维聚科技"可谓大隐隐于市。

"维聚科技"的最大的特点就是其注册资金，只有五万人民币，符合私营企业的最低标准。据说张志立去银行验资的时候，被女柜员拒之门外，那个女柜员嫌"维聚科技"注册资金太低，接手这么一笔业务还不如多去推销几个保险来得实在。

"维聚科技"正式成立之后，张志立决定扩大经营。他曾经想让阿旺兼职当美工，于是考查了一下阿旺的美工功底，让他画一幅自画像。阿旺很快完成，张志立一看，作品里的男人更像施瓦辛格。于是张志立当场决定另招美工。他私下里跟公司的二股东李偲说："阿旺的画风浮夸，是个感性战胜理性的男人，我怕他有一天会遇到感情问题影响工作。"

然后张志立在智联招聘和中华英才网上广撒英雄帖，最后他聘用了一名女性美工。我听闻此喜讯，第一时间给张志立发去了贺电，一番恭维之后，我试探性地让张志立评价下美工的长相，张志立压低嗓音吟出一段唐诗：春宵苦短日高起，从此君王不早朝。

我当时就激动得浑身颤栗，告诉张志立我明天就来"维聚科技"参观访问，我们IT界要互相走动才能共同进步。

第二天我去了他公司，看见了传说中的美工，她名叫晨晨。晨晨体态丰腴，面如满月，如果给她找一个模板，那只能是芙蓉姐姐。我当时杀了张志立的心都有，我说晨晨长得不好看没关系，你为何骗我过来？

张志立耐心细致地给我解释：“春宵苦短日高起，从此君王不早朝。”出自白居易的《长恨歌》，这两句诗的前面两句是：“云鬓花颜金步摇，芙蓉帐暖度春宵。”他意指“芙蓉”。

我理屈词穷，久久不能言语。张志立恨铁不成钢地教育我：“亏你还是学信息安全的，这是《古典密码学》里的‘移位式密码’，这你都没听出端倪，还赖我。”他指着我说道：“我们IT人士最忌讳用下半身思考问题。”

程序员阿旺在一旁指着自己补充说明：“我们IT人士，浑身都是大脑。”

后来我再也没去过深藏闹市的“维聚科技”。不过从张志立的QQ签名的变化，我就能结合《古典密码学》的知识判断出一些端倪。比如，他最早那踌躇满志的签名“鲲鹏展翅”，到半年后就改成了“脚踏实地”，一年后就变成了一个“唉”字，我当时翻破了一本《古典密码学》教材，都没研究出这个“唉”字里暗藏的深意。

我终于忍不住把张志立约出来当面请教，我掏出笔记本，认为我即将迎来《古典密码学》的奥义。结果张志立挥挥手说这事不用记录，他将杯中的白酒一饮而尽，人比黄花瘦地叹道：“我的程序员兼得力助手阿旺，他辞职啦！”

我大为震惊，问道：“莫非你拖欠阿旺工资？”张志立沧桑地告诉我，阿旺爱上了美工晨晨，但是出于公司制度规定，禁止办公室恋爱，所以他决定引咎辞职，远走高飞。

我不敢相信自己的耳朵，我说阿旺不是从不用下半身思考问题，他不是浑身都是大脑，大脑里都是代码吗？张志立喝下一杯白酒，事后诸葛地评价道："我早就断言他迟早有一天会出感情问题，没想到来得这么快。他真是一个感性战胜理性的男人。"

"那辞职后他和晨晨在一起了吗？"我问。

"没有，阿旺说，不后退，就让他心碎，宁愿孤独的滋味。"张志立又喝下一杯白酒，用筷子击打着杯碟，声音嘶哑地唱道："反正爱不爱都有罪，要走也要擦干眼泪。"

我一时有点闹不清张志立、阿旺和晨晨这三角关系，心想你们IT圈真是比移位密码还复杂。我打开笔记本，用钢笔郑重其事地记录下："移位密码终极奥义——学会用下半身思考。"

唯一的程序员走了，张志立的鲲鹏没了翅膀。于是他决定动用公司的注册资金，花大价钱找一家软件外包公司完成他的未竟事业。他谈了好几家都不甚满意，最后在中国最大的程序外包网站CSTO遇到了一名自称熟悉社交网站设计流程的神秘程序员。该程序员拍着胸脯说他只要10000元，两个月内就能把网站做好。张志立将信将疑地答应了。

"那个程序员，他在CSTO论坛上的头像是施瓦辛格。"张志立满腹疑云地告诉我。

两个月后，该神秘程序员真的把网站做了出来，他把源代码发给了张志立。张志立验收之后准备如约付款。那个程序员却说："你把钱算作你们美工的奖金吧，发给她。"

张志立百思不得其解地把我叫去，给我看了聊天记录。我看着该神秘程序员在CSTO的论坛头像，施瓦辛格的雄壮肌肉在蓝天之下闪闪发光，我再一看ID"awangaichenchen(阿旺爱晨晨)"，这不就是"阿旺爱晨晨吗"？

张志立最终把钱直接付给了晨晨。虽然张志立已经和她结束了合同，但买卖不成仁义在。晨晨走的时候虎目含泪，一再感谢张总的慷慨，说自己没给"维聚科技"做什么贡献，还得了这么多奖金，简直就是不义之财。

张志立望着晨晨远去的壮硕背影，若有所思地总结道："这不是不义之财，这是浪漫。"

关于"维聚科技"的故事告一段落。CEO张志立最终离开了这片伤心地，去了澳门，让"维聚科技"的营业执照荒芜在暑袜北街的老房子里。我偶尔去，看着满面尘灰的营业执照里，"注册资金5万元"几个烫金大字依旧熠熠生辉，我觉得它仿佛在讲述着一个关于不义之财的浪漫故事。

这真是史上最屌丝的浪漫。

一个比一个遗憾

"我喜欢你过马路的时候悄悄拽着我的衣角，多过害怕冷场故意讲的笑话，我喜欢你急于讲事情敲出的错别字，多过反复修改删了又写的漂亮情诗，我喜欢你想我的时候就拿起电话，多过评论这几行冷冰冰的排比句。"

业余时间，我会打泰拳，所以我一直以来被群众评为"戴着拳套的诗人"，虽然大多数时候我都只戴拳套不写诗。但当我躺在床上看到了上面这段话时，我决定摘掉套子，暴露出我的诗人本色，开始做文章。不为别的，只因为这段话太美，太有画面感。它勾起了我记忆中的那些往日的消息，那些消息就像云彩，它们沾满风雨，压得我无法呼吸。

我写下这些故事，如果故事有生命，就让它们和我们一起，去拥抱那些温暖黑暗的回忆吧。

（一）

我曾经是一个歌者，长笑当歌，长歌当哭的歌者。

我的歌艺生涯起始于川大（四川大学），那时的我有着简单而粗暴的价值观，信奉"如果有一万条路通向成功，我一定选择最艰险的那条"这样的信条。于是我在称雄川大歌坛之前，我给自己制定了要走像"信乐团"那样音乐风格的音乐路线。要知道，我的声音偏浑厚，全不似信那样高亢清亮的嗓音。当时我的一个朋友就对我的梦想进行了讽刺打击说："你看起来哪像是一个'川大信'？"

我冷笑着去找了一张梅兰芳的素颜照发给他，反问道："他看起来像虞姬吗？"朋友摇摇头说不像。

我无可奈何地摊摊手说："以后我们艺术界的事你还是别来掺和了。"

于是我把川大西门外的KTV当成了练歌房，常年在里面鬼哭狼嚎，主唱《离歌》《挑衅》《假如》《死了都要爱》等信乐团的代表作。每次当歌声响起的时候，我的朋友们总是有上不完的厕所和接不完的电话。唯独之前那个讽刺我的山炮哥们儿没有任何反应，他总是坐在包间里纹丝不动地一字一句听我唱，直到我唱完。我感激地握着他的手，问他为何对我的演艺事业如此不离不弃？他淡定地回答道："迅雷不及掩耳（意思是我的歌声如雷声，他都来不及捂住耳朵，我就已经唱完了）。"

皇天不负有心人，我的歌声，竟然给我带来了一个女孩。命运之神的眷顾，总是太突然。

那是四川音乐学院声乐专业的一个女生，她有一个诗一般的名字，复姓欧阳。那时川大和四川音乐学院仅有一街之隔，所以两个学校的学生经常走动。四川音乐学院的学妹找川大的学长补习英语，川大的学长找四川音乐学院的学妹讨教乐理，而我和那个女孩就属于这种纯洁的学术关系。

我在结识欧阳之后，饥渴难耐地将她邀请到KTV，让她听我演唱信乐团的歌曲。我唱完一首《假如》，我把歌曲的高潮部分唱出了陕北民歌的味道。"假如时光倒流，我能做什么，找你没说的，却想要的。假如我不放手，你多年以后，会怪我恨我，或感动。"

我请欧阳点评，她告诉我："假如时光倒流，她宁愿不认识我；假如我继续唱，她会恨我一辈子。"

我顿时觉得我就像一个未出道的野生演员，还没来得及穿上戏服登台演出，就被班主用红缨枪捅死了。我情不自禁地吟诵道："力拔山兮气盖世，时不利兮骓不逝。骓不逝兮可奈何，虞兮虞兮奈若何！"

欧阳点点头说："这次唱得比刚才好多了。"

她看见我虎目含泪，顿觉不忍，于是决定对我指点一二。她告诉我唱高音时不要用嗓子像拉屎一样把高音憋出来，要用小腹发力。她恨铁不成钢地教育我："你想象一下你拉屎的时候，是靠腹部发力，还是靠嗓子发力？"

她横了我一眼，继续给我上课："你知道什么是腹式呼吸吗？等你学会了腹式呼吸，你的气息就足够支持《假如》的音域了。"

于是，当晚我就回到家里，严格遵照欧阳的指示练起了腹式呼吸。我在一呼一吸之间把手掌放置在丹田上，感受着腹部的起伏，尽量想象着空气从肺部来到了腹部，流转轮回，锐意进取。它们承载着我成为"川大信"的希望，它们一定不会让我失望，想到这里我不禁更加沸腾了。

冬去春来，我和欧阳老师的友谊历久弥新，但是我的歌艺却很是愁人。我天天在家练气，感觉都要练成九阳神功了，高音方面仍然进展缓慢。欧阳老师又教了我头腔、胸腔、共鸣等高端才艺，我囫囵吞枣，似懂非懂，只是觉得我的歌声似乎不再让人有在黄土高坡光板穿羊皮袄、抽着旱烟牧羊的感觉了。

说来也怪，自从我告别了陕北民歌界，我的山炮哥们儿再也不去KTV听我唱歌了，我问他为何，他说觉得我变了。

人总是会变的不是吗？就像人总是会告别的。

欧阳老师在我大四的时候人间蒸发，据说是她被家里安排相亲，与四川省最大二线城市的某书记的公子喜结连理。她见证了我的成长，但最终没能一睹我的终极形态。

机缘巧合，在练泰拳的时候，我们需要练习抗击打能力。简单说来就是在做仰卧起坐的时候，教练在一旁用拳头猛击我的腹肌，以锤炼出一个其坚胜铁的腹部。随着教练的拳头一下一下地砸下去,我身体的起落、呼吸和腹肌的收放浑然一体,我就这样剑走偏锋地打通了高音的任督二脉。

我突然之间就在KTV里战无不胜,把信的声线模仿得以假乱真。我演唱的时候总会有不明真相的群众去点击伴奏按钮,因为他们以为播放的原唱。

群众窃窃私语:

"这真的是以前川大的那个李淳吗?"

"他是不是去泰国做了手术,怎么嗓音那么高了?"

"不是,听说他聘请了一个川音的美女当声乐老师,搞起了男女关系。"

"那美女后来失踪了,估计是始终没看到李淳成名才走的。"

"她也许是事了拂衣去,深藏功与名。"

我禁不住泪流满面,我想起了那些在KTV里鬼哭狼嚎的日子,无法想象她是如何陪伴我度过那一个个不眠的夜晚的。而当我终于得以出师的时候,师傅已经不在了。

我在拳馆突然醒悟的时候,泪流不停。教练看着我,还以为是被他打哭了,于是温柔地摸摸我的脑袋说:"今天练得狠了点,是不是很痛?"我告诉他我没事。

一年以后,川大已经容不下我,我成了成都的信,人民的歌者。我甚至和信惺惺相惜,在成都的宽窄巷子和他一壶浊酒喜相逢,古今多少破音和走调，都付笑谈中。

信当时问我："你觉得人生最浪漫的事是什么？"我告诉他就是和自己喜欢的人合唱《千年之恋》，他以为我指的是当时和我在一起的那个女孩，他说你俩真是天造地设的一对。

他哪里知道我这辈子最大的遗憾就是没有和欧阳老师合唱过一次《千年之恋》，在我的高音问世之后，在欧阳老师嫁人之前。

当年的偶像已不再是偶像，但欧阳老师永远是我的老师。

那天，我收到了一条陌生的手机短信。内容是："我看见信和小沈阳在刘老根大舞台上合唱《死了都要爱》，我听到小沈阳的声音，突然就想起了你。"

尽管没有落名，但我想我知道那是谁。

我瞬间达到了沸点，激动地一个电话打过去。

电话那端是一个男中音，原来是我那多年不见的山炮哥们儿。

他跟我说，他就爱听我把信的情歌唱出陕北style，唱出乡村爱情小夜曲。但我变了，所以他不再来听我唱歌。

我闭上眼睛，五味杂陈地骂道："你这个山炮。"

不知不觉，眼角又有泪滑过。

（二）

我曾经也有很多女神，她们在我的记忆中熠熠生辉。

人生最美好的事，就是你的女神扭扭捏捏地告诉你她其实也喜欢你；人生最痛苦的事，莫过于你的女神在对你说出这句话的时候，她已经当妈了。

而我就遇到过这样的事，这辈子也算是没白做中国人。

当然，现在我要讲的是我的另一个女神，她是我好朋友的姐姐，1983年出生，比我大一岁。简单说来，她是我这辈子见过最"御姐"的御姐，而我对这种类型的女人没有任何的抵抗力。

我第一次遇见她，是在2008年汶川地震之后的那个星期。我应朋友之邀，去成都某个物资集散中心当志愿者，负责分类那些外地支援四川的食品和衣物。而她的姐姐，这位御姐之王，我叫她M姐，正是此次志愿者活动的召集者和负责人。

我犹记得当时的她不施粉黛，姣好的面庞被汗水浸透，宽大的工装裤却丝毫遮掩不住她婀娜的身段。她手里拿着扩音喇叭指挥着大家的行动，就像名著《斯巴达克斯》里的风尘女子爱芙姬琵达一样，狂野而美丽。这样的女人远比那些扭扭捏捏的娇羞小萝莉更能征服男人，不是吗？

后来再见到M姐，是在我朋友组织的酒局上。作为一个西安出生、成都长大的女人，M姐拥有我从未见过的极为罕有的酒量，她千杯不倒又斗酒不败。倒是我次次都输，大概是因为心有所思，又无处诉衷肠吧。

我的好朋友非常八卦地察觉到了我的小心思，她叛变投敌，跑去跟M姐告了密。于是在我去英国前的最后一次酒局上，我和M姐明刀暗箭地试探着彼此。

M姐不愧是御姐中的战斗机，她直接问我是不是喜欢她？

我惊得手足无措，不过片刻后我就恢复了大将风度，谁叫我是个见过世面的男人呢。

我告诉她我就是，并且挑衅地和她对视，我觉得她那美丽的眸子似乎要喷出火来。

"你敢就来啊！"她向我发出挑战。

"不敢就不说！"我水来土掩。

可惜这对话只存在于我的意淫中。在这种时候，我必须说出几句文艺的句子来升华尴尬的气氛。我绞尽脑汁地想了半天，灵机一动，打着酒嗝，忧伤地指着房间墙壁里一只肥硕的蚊子，告诉她："我要去英国了，我就像这只蚊子，冬天来临我就消失不见；夏天到来的时候我又会出现。春天结束，我就被唤醒。"

我看见M姐眼波流转，似是被我的文艺打动。她自顾自地干了一杯酒，然后做出了一个惊人的举动。她将手上的手链取了下来递给我，那是一串粉色水晶手链，然后她把我手上佩戴的佛珠取下，套在她自己的手腕上。

"交换定情信物。"她嫣然一笑，站起身出门接电话。出门的时候一回头，烟视媚行地对我说："去了英国不要勾搭小妹妹哦。"

我当时已经痴了，巨大的不真实感冲击着我的胸腔，我觉得一股热流涌上喉咙，然后转头抱着垃圾桶吐了足足十分钟。

围观群众纷纷对我的呕吐表示不解，我的朋友在一旁善解人意地解释道："周公吐哺，天下归心（意指归顺了M姐）。"

"对酒当歌，人生几何？譬如朝露，去日苦多。"欢欣的时光总是短暂的。

离开成都之前，我托朋友送了她一张照片，那是我小时候在利物浦海边看日落时拍的。我告诉她，我马上又要回到那座魂牵梦绕的城市。

后来，我在英国的时候，我听说M姐结婚了，传说中的闪婚。我气急败坏地给我朋友发去微信，质问她："咱姐还记得那串佛珠吗？那可是常州天宁寺住持开过光的，小心住持晚上托梦给她！"

我朋友无可奈何地告诉我，说她姐也一大把年纪了，都快三十的人了，家里催得急。

"我姐说一起去看日落这种事儿，搁五年前她也许会被浪漫得一把鼻涕一把泪，但现在她老了，她喜欢实在点的。"

"她说你太文艺了，不是她的菜。"我朋友总结道。

我哑然失语，愤愤地将手机摔在了床上。

她们哪里知道，我是一个信息安全从业者，我浑身都是散发着被古典密码学熏陶出来的学术派浪漫。

那张照片文艺的解读是："我想和你去看日落。"

而每一个信息安全从业者都明白它的深意：我与太阳之间就差你。

终究还是M姐她太文艺了，她一定没做过图形推理题，她真是不懂我的心。

想到这里，我悲愤地点燃一支烟，站在了窗台边，忧伤地望着西半球洁净的夜空。

窗外一个白人肥妞儿似乎是喝醉了，摇摇晃晃地朝我走来，问我："Do you have a lighter(打火机)？"

我看着她硕大的身形和腰上随风起伏的肥肉，冷峻地回道："没有，没有。""Fuck you（去你大爷的）！"肥妞儿朝我骂道。

"Come on." 我虽然心如刀绞，但还是很敬业地回复了她。在我与肥妞儿的争吵中，与御姐一刀两断。之后，我在英国打死了不计其数的蚊子，英国的蚊子的体积是国内的三倍，木讷而单纯，一打一个准，全然不似国内蚊子的阴险狡诈、诡计多端。

我终于明白蚊子是熬不过冬天的，它会在最冷的时候死去。

"冬去春来，会有别的蚊子代替我。"我对着那串粉色水晶说道，然后我将它从手腕卸下，让它和思念一起长眠。

（三）

我曾是一个浪子，我居无定所，我四海为家。

大学的时候，寝室里的同学看武侠小说看多了，决定皈依全真教，闲着没事到处给人起道号。他首先自称"无崖子"，然后管我们班一个煤老板的儿子叫"富家子"，另一个人叫"米青子"。

轮到我了，无崖子不假思索地说你就是一个"浪荡子"。

我其实一点也不浪，只是喜欢四海为家而已。工作后也经常出差，甚至因为里程数多而成为了国航的VIP。每次我去双流机场的国航贵宾候机室，地勤人员会笑着问我："李先生，你去哪？"

"Everywhere is nowhere without you.（到处都是没有你的地方）"我深情地告诉她。

地勤人员红着脸掩面而逃，她以为我在对她暗送秋波。

我看着她自作多情的背影冷笑道："About you bird thing.（关你鸟事）"

其实我是对着我爱的人默念出那句话，那个人就是我当时的女友。我知道我无论去到哪里，她都会在成都的家里等我回去。

"我等你回家。"这就是她每次和我的告别辞。

她永远不会知道这句话对我的意义有多么的重大。

就像古龙在《萧十一郎》里面写道："怎奈他这一生中却偏偏总是在等别人，从来也没有人等他，直到现在，现在终于有人在等他了。他知道无论他要在这里停留多久，无论他在这里做什么，只要他回到那边的屋子里，就一定有个人在等着他。"

有的时候，等待真是一件美好的事情。就像每年春天的时候，我都会提前买好灭蚊器，欢天喜地地等着蚊子的回归。

我知道它们一定会回来的。

每次旅程，在国航的休息室里都有免费的小吃，其中有一种蟹黄瓜子仁深受休息室群众的喜爱。那是我吃过最好吃的瓜子，瓜子的清脆混合着蟹黄的浓香，真是罕见的人间美味。

每次我不仅自己吃，我还会顺几包到衣兜里带走，让它们跟着我四海为家，最后跟着我回到成都，回到那间屋子里，那里有一个人在默默地等着它们。

因为她比我更爱吃这种瓜子。

我这种舔着脸占便宜的行径逃不过地勤人员的眼睛，不过她们总是对我睁一只眼闭一只眼，大概觉得我是个浪荡子，伤不起。

我跟我女友说，等我结束了四海为家的生活，我就回来娶她，聘礼就是装满一辆福田轻卡那么多的蟹黄瓜子仁。

可是我当时不知道市面上哪里能买得到这种瓜子，就只能一次又一次地在国航贵宾候机室里扮演江洋大盗。直到我们公司拿下了双流机场的新航站楼弱电项目——给机场安装智能监控系统。

所谓的智能监控系统，说白了就是监控摄像头所拍得的视频数据再也无需靠人力在监控室里进行目不转睛的盯梢，而是根据设定好的模式用软件进行行为分析。

比如：一个男人总是出现在软件预设行为频率较低的地方，那么系统就会自动报警。

我作为一名信息安全从业者，更作为此项目的经手人之一，怎么会不知道这一切。我知道当我再次出现在贵宾候机室的时候，到处都有眼睛在盯着我。

但是我还是准备铤而走险，顺走几袋瓜子，因为我知道家里还有个她在等着我，我不想让她失望。

当我把三包蟹黄瓜子仁放入怀中之后10分钟，一名工作人员来到了候机室。他说系统已经数次拍到我偷走他们的小吃了，说休息室的食品仅供VIP乘客食用，严禁外带。

这时，候机室里所有的人都转过头来盯着我，包括那个总是自作多情的地勤人员。

我从容不迫地从衣兜里拿出瓜子还给工作人员，再优雅地从名片夹里拿出一张我的名片，递给他。我指了指头顶的枪式摄像头告诉他，这是我们公司负责集成的视频监控系统。我是负责售后和维护这一块的李经理。

"我这是在测试系统的可靠性。"我严肃地跟他说。

工作人员恍然大悟，他握着我的手，感激地告诉我，我们的系统非常的可靠。自实施以来不到一个月，已经抓获了好几个在贵宾候机室里偷小吃的乘客了。

"没想到李经理还微服私访，贵司的售后服务真是人性化。"他说道。

我谦虚地摆摆手，告诉他这是一个监控界人士应该做的。

我就这样用我的职业素养化解了一次险些让我身陷囹圄的信任危机，

只是不知道那几个真正的江洋大盗怎么样了。不知道他们的家里，是否也有一个人在等着他，等着他带回一整车的蟹黄瓜子仁，然后娶她。

当然故事的结局是我和那个她分手了，再然后，我成为了一名真正的浪荡子。

只是现在我明白蚊子熬不过冬天，应该早点找个爱人共度一生。我再也不是一名浪荡子，我只会躲在我那像寂静岭一般的家里默默熬时间。

不久前，成都伊藤洋华堂开设了网络超市，我在超市里看到了这种蟹黄瓜子仁。然后迫不及待地下单，购买了很多很多。

当然我没买能装满一辆福田轻卡那么多的瓜子，我只是买了自己吃的。因为我自己吃不完那么多，我自己也不会嫁给自己。

我再也不用去机场当小偷了，我也再也不用心怀鬼胎地去对地勤人员暗送秋波。那些过往、遗憾、心跳、谎言，和"浪荡子"之名一起，成为了我心底最温暖而黑暗的回忆。

写完这三个故事，我觉得一个比一个遗憾，不是吗？只是遗憾其实也是一种浪漫，就像本文开头的那一段漂亮的文字所说："我喜欢你急于讲事情敲出的错别字，多过反复修改删了又写的漂亮情诗。"

人生这篇永不卒笔的长文，本来就充满着各种各样的错别字。我们不是WORD文档，不能随意编辑、修改和保存，但这也正是人生的一部分，它远比程序更能精确地设定生活，它本身更浪漫。

万痛千伤只等闲

泰拳馆里认识的小钟说我是个诗人，他说："淳哥你的眼神总那么无神，你的脖子总那么不屈。"

其实我不是诗人，我只是个病人。哪怕不愿意面对、说出来矫情，但我的确是一个伤病缠身的男人。我成天拖着病体残躯，蹒跚在成都的穷街陋巷，三步一踉跄，就像小钟那不停蓝屏的电脑，已经日薄西山，再不重装，仿佛就要被年轻人们扫进历史。

可是我不服，我决定四渡赤水出奇兵。我扬起我不屈的颈椎，就像瑞星那傲骨铮铮的小狮子，我要战胜万病千毒。我已经战胜并终将继续战胜，以下这几项困扰了我多年的伤病：

（一）

高中时，我对足球事业的热爱达到了无以复加的地步，带去学校的足球被老师没收了无数个，就算这样也浇灭不了我的熊熊欲火。我们在操场踢排球，在水泥地踢可乐瓶，在楼道踢用透明胶带裹起来的纸团，不知道现在的孩子们还有没有这种朴实得让人辛酸的乐趣。

但就是这样我才落下了很多伤病。一次和对手冲撞时我的腰被他的胳膊肘结结实实顶了一下，从此我一蹶不振，卧床不起，发展到后来连走路都困难，只有弯着腰走。在路上遇到迎面走来的熟人，我就弯着腰跟他们打招呼，大家可能都以为我是一个奴性很重的男生，见到谁都点头哈腰。

可我迟迟不去治疗也是有原因的。当时我们高中正在搞什么集体舞比赛，我们班的文娱委员紧跟时尚，选择了郭富城在电影《浪漫樱花》里的舞，让我们班那群四肢发达的猛男演绎得就像在打军体拳。我是绝不会去出那个丑的，于是我每次都借口腰不好，不参加班里的舞蹈排练。

我们文娱委员是一个扎着双马尾的小眼睛女生，她自认为很有文艺气质，且极具责任心，每次见到我都一把拉住我的胳膊，想将我拉入到如火如荼的集体舞方阵里去。这时我就会喜滋滋地从裤兜里掏出华西医院的诊断报告"深度腰肌劳损"（那个"深度"二字是我哭着求医生加上去的），耀武扬威地在她的小眼睛跟前晃来晃去。

她质问我这么嘚瑟干吗？

"我怕你眼睛太小了看不清。"我弯着腰，无奈地摊摊手。

文娱委员被我气得愈发变得不正常，她竟然给每个参加舞蹈的同学都发了一个白手绢，说让他们在舞蹈时将手绢挥舞起来，就像无数落英缤纷的樱花。班里的同学怨声载道，认为这明明像一群投降的散兵游勇，成何体统。这时在一旁观战的我及时挺身而出，语重心长地教育他们，要配合班委工作，不要有情绪。并且为了表示对班级文艺事业的支持，我在他们挥动手绢的时候也在观众席上掏出我的诊断报告，随着音乐节拍挥来舞去。

一旁的群众很诧异地看着我的诊断报告，想看清楚上面那潦草的字迹。

"腰肌劳损。"我严肃地告诉他们，"深度"。

群众纷纷向我投来了赞许的目光，他们夸奖我真是腰伤未敢忘忧国，真是个奴性未改的奇男子。

就这样，我在同学们的羡慕和嫉妒之中全程逃离了班级的舞蹈排练，每当结束了一天的课程，大家就会收起书包愁眉苦脸地到操场，排起方阵，操练舞蹈到深夜。而我总是推着自行车闲庭信步地路过排练现场，向正在随音乐扭动的同学们吹着戏谑的口哨。当时我觉得华夏民族五千年来的苦难都写在他们脸上了，他们气得直想咬我，我只有苦笑着跟他们逐个解释："没办法，哥们儿腰不好。"

也许是高调终被克，就像是假戏真做，我的腰肌劳损病情愈演愈烈，到后来已经收不了场了。华西医院的专家教授们给我开的名贵膏药根本不管用，我只有循着某腰肌劳损界前辈的指示，去成都市体育医院接受理疗。

所谓的理疗就是：按摩+针灸+烤灯热敷。其他两项都不打紧，关键是按摩差点要了我的狗命。那个给我按摩的大夫是一名退役散打运动员，他的手劲儿大到每一下都能让我回忆起课本里的重庆中美合作所。更要命的是理疗室床位太少，我旁边不到两米的距离就躺着另外一病友，还是女的。按摩腰肌时我趴在床上，大夫熟练地一把拉下了我的内、外裤，别提多丢人了。我想哪怕当年烈士们受刑的时候也没有革命同志在一旁围观吧，这待遇真是太没人权了！

每次按摩完，我都觉得我的整个后腰都要爆炸了，趴在床上轻声地呻吟。大夫拍拍我的屁股，让我别在女孩子跟前丢人。我提起裤子落荒而逃，根本不敢正眼看那女孩儿一眼，她也一定没有看见我眼里屈辱的泪水。

还真是顽疾当用猛药，一个疗程之后我的腰肌劳损就光速康复。从那以后，我的腰伤再也没有复发，我也再也没有去过体育医院，不知那个退役散打运动员现在还是不是在做按摩工作。不过现在的我早已非当年的我，我也是一个小有名气的业余泰拳手。

我还落下一个后遗症，就是在生活中见到文艺女青年，我就像当年见到那个扎着双马尾的文娱委员一样，不等她近身就情不自禁地主动迎上去，弯下腰对着她连连摆手："别碰我，我腰不好。"

我讲这个腰肌劳损的故事，是想告诉大家，不要因为一点小小的伤痛而装×，那是必然会被雷劈的。身负轻伤就下战场的怂人，以后一定会有更重的伤势在等着你。我就是最好的教训。

（二）

我第一次踝关节扭伤，是高中打排球时。一记帅得连教务处都惊动的扣杀之后，我帅气地落地，可惜在落地时右脚踩在了队友的脚背上，当时就痛得我满地打滚，我分明听见了骨头碎裂的声音，我想一定是骨折了。我哭着对那些将我团团围住而袖手旁观的队友们大叫："快抢救我！快抢救我！"

这时哥们儿走了过来，很有经验地捧起我的右脚，目光温柔地端详着。我第一反应是他要闻我的脚，于是谦虚地告诉他，我的脚不臭。话音未落，他对我的脚进行了疯狂的翻腕，将我的踝关节扭成了90度。

然后我迷迷糊糊地听见他少年老成地向群众宣布："经初步诊断，他没有骨折。"

我用尽最后的力气对着他喊道："你以后生儿子……"然后我就晕过去了。

醒来时我发现我正伏在哥们儿宽厚的背脊上，他背着我刚从校医务室出来。我低头一看，我的踝关节上裹着厚厚的绷带，自下而上散发出浓浓的中药味。

我无力地靠在他的背上，他转过头来问我："你刚才说我生儿子什么来着？"

"没有屁眼。"我小心翼翼地如实相告，生怕他一怒之下一个过肩摔，让我脸着地扑在地上。

谁知他只是宽厚地笑笑，并且告诉我他生女儿不就得啦！

我赞赏地捏了捏他的小脸，夸奖他真是个机智的男人。

那是我职业生涯里第一次踝关节扭伤，我当时哪里会想到，这该死的伤势在接下来的四年多里反反复复，陪伴我度过了我的整个大学时光。我的初恋女友曾经说山无棱天地合都不会离开我，但是事实证明她没有做到，我的踝关节扭伤做到了。

在整个大一期间，我几乎没有完整地踢过一场比赛。经常踢了10分钟不到我就一瘸一拐地要求换人，我的脚踝已经疼得没有知觉了。然后不到两周我又按捺不住心中的狂野，强行复出，然后又受伤，又复出，周而复始……

印象最深的是我们学院的迎新比赛，大一联队对阵大二联队。我作为大一联队的副队长（队长是我的室友），却只有站在场边观战的份儿。我心有不甘地全副武装，不仅穿戴整齐、脚踝上缠上了厚厚的运动绷带，还穿上了我那双从来舍不得穿去踢球的阿迪贝克汉姆猎鹰球鞋。我望着场内尽情奔跑着的队友们，看着自己脚上的绷带，心里百转千回，别提多难受了。

比赛到了80分钟时，我们队还落后一球。我天生就有个人英雄主义情结，当时感性战胜了我的理智。我示意裁判换人，然后深情地拍了拍自己的踝关节，告诉它不许再坑爹了，这是它的主人拯救世界的机会。

上场前我决定原地跳几下当作热身，就在跳到第三下落地时，我听见右脚脚踝又是一声低调的脆响，它又负伤了。

我面无表情地在地上打滚，队长安排了两个拉拉队员抬我出场去校医院，他的表情淡定得就像在扔可乐瓶子。有群众问他："为何这种奇葩的事你都不感到震惊？"

"李淳就是这样的男人。"队长用他的杭州口音普通话淡淡地回答。

到了大三、大四，我的脚踝已经变得"死猪不怕开水烫"。我甚至摸索到了这种韧带和软组织损伤的规律，如果总是反复受伤，就会变成陈旧性损伤，韧带会被拉长，软组织会变得比脸皮还厚，直接导致的结果就是：关节伤得容易，恢复得也快。

那段时间，我经常在球场上因为踩到一块凹凸不平的草皮而扭伤。然后我经验丰富地席地而坐，脱下球鞋和球袜，查看踝关节的肿胀程度，判断它还能不能继续参与比赛，如果不行，我就跟队长摇摇手示意换人，然后也无需他人搀扶，自己在草地上打滚儿滚出边线，不影响球赛的正常进行。

群众也早已习惯了这种场面。如果我哪场比赛没有因为受伤而滚出球场，他们还会在赛后围着活蹦乱跳的我嘘寒问暖说："李副队长，你今天怎么没打滚儿了呢？是不是身体出问题了？"

只有队长从头到尾都一如既往的淡定。我有时脚伤了无法下楼，让队长给我带几个面包当晚饭。他每次回到宿舍时都只拿着三分之二个或半个面包，羞赧地递给我，就像新娘让新郎检查床单上的落红一样。

我问他："怎么就这么点面包？其他的被狗啃了？"

"我啃了。"阿扑低着头回答。"在路上太饿了。"

我哭着将那小半个面包吃下去，他嘿嘿一笑说："不要生气，晚上我背你去小北门吃烧烤。"

"谁要你背！谁要你背！你以后别生儿子！你以后别生儿子！"我气急败坏地骂道。

"为什么别生儿子？"他问道。

"老子把你儿子屁眼儿啃了。"我又饿又怒，口不择言。

就在这样的日子里，我的大学时光走到了尽头。说来也奇怪，我的脚踝在大四的时候莫名其妙地好了起来。

还记得最后一次带伤作战，是大四的学院联赛，我们班和创新班进行的决赛。我在上半场的补时阶段被对方的后卫别了一下脚，脚踝又被扭伤。

队长对着我做了一个左右手交替翻滚的手势，不明真相的群众肯定会以为他在示意换人。其实他是在跟我说你可以就地滚出球场。

我拒绝了，我想这也许是我大学里最后一场正式比赛了，老子就是脚断了也要断在球场上，而不是躺在冰冷的寝室里等着啃他啃了一半的面包。

于是我把没有受伤的左脚的绷带解了下来，缠在了扭伤的右脚踝上面，厚厚的绷带让我感觉整个右半身都增高了至少两公分。我突然想起了伟大的巴西边锋，"火箭鸟"加林查，他因为小儿麻痹症，从小就是一条腿长一条腿短，俗称"地不平"。他身体上的这种劣势被他改造成了足球场上的优势，他熟练地运用双腿长度不一带来的魔幻效果，在球场上过人比吃饭还容易，他成了在马拉多纳之前最伟大的盘球大师。

我当时认为，那一定是上帝的旨意。死去的加林查跨越了半个世纪的时空，在川大球场上对我灵魂附体。我瘸着腿在场上奔跑着，每一步都像是要挂掉的前奏。谁想到那招出奇制胜，因为对手都被我的残疾形象给吓着了，根本不敢伸腿抢断，生怕一碰我我就高位截瘫，然后赖上他一辈子。

就这样我在下半场时瘸着腿取得了1个进球和2个助攻，帮我们班3：0战胜了对手，取得了学院联赛的冠军。

赛后队长一把抱住我，他眼里似乎噙满了泪水。我以为他被我的坚强和狂野所打动，努力挣脱他的怀抱，谦虚地告诉他，这是每一个男人都应该做的事。

他却伸出大拇指："没想到你是一个苦心孤诣的男人，你这苦肉计用得，简直堪称川大黄盖！"

我就这么被群众和对手误解了一辈子，他们认为我是在演戏，是在跳水。

只有上帝和我的踝关节明白，在那个夏天，我真的是一个如假包换的"地不平"。

那是我的踝关节最后一次受伤。那个夏天之后，我们的球队解散了，但我很快又找到了新的组织，我帮朋友的单位以及一些球迷协会继续踢球，脚踝始终安然无恙，不再有一点点的痛楚。到后来我干脆摘下了陪伴我整整四年的运动绷带，轻装上阵，那感觉轻松得有点不真实，就像一个高度近视患者，刚从近视手术后恢复，头一次如此清晰地欣赏着这个美丽的世界，清晰而明亮。

伤痛是上帝设置的考验，而不是上帝设置的末日。你迎难而上了才能战而胜之，否则它就像一个坎儿，让你永远都有心结，永远都跨不过去。我胸口上的文身——伟大的摔跤手史蒂夫·奥斯汀，他在医生宣判了如果他再运动就会有高位截瘫的危险之后，仅仅三个月，他就再度踏上擂台，最终成就了他的摔跤事业。如果他当时知难而退，就像我如果在最后一场比赛里选择滚下球场，那么我们一定就再也没有踏上擂台或球场的勇气，因为伤病没有杀死我们，我们是被吓死的。

（三）

我的手腕腱鞘炎是从什么时候开始的，我已经记不大清了。我只知道我在健身房卧推、俯卧撑和打拳时都让我手腕的伤势日益加重，以致经久不能痊愈。最要命的是我双手手腕都患上了腱鞘炎，幸亏大多数时候都是单手发作，不然我就连基本的民事行为能力都要丧失。这炎症时好时坏，不发作的时候和正常手没多大区别，发作的时候明显能感到手背腕关节处有一凸起的囊肿，痛得完全无法弯曲。

我腱鞘炎发作的时候连推门都是小心翼翼的，稍用点力我的手腕都会剧痛。到后来我形成了条件反射，推门不用掌而用拳，或者干脆用脚或膝盖。记得以前做双流机场二号航站楼的弱电设备项目时，机场建设指挥部的领导来我们公司视察，我殷勤地给他带路，一路点头哈腰、嘘寒问暖，就差跪地上给他当脚垫了，领导甚是满意，说我真是后生可畏。然后走到公司门口，我不假思索地一脚就将门踹开……

领导战战兢兢地看着我，眼神里满是上了贼船的惊恐。我只得苦口婆心地跟他解释，我的手腕有问题，习惯了用脚踹门，我越解释越混乱，急得满头大汗，结结巴巴地跟领导申辩着："主任，您不信把您手腕弄折试试，然后再用手掌推门，保证痛得你连你妈都不认识。"

说完我就预感这单子要黄，领导怒气冲冲地离开了我们公司。我甚至想好了怎么跟我老板负荆请罪：我站在公司门口，用双手手掌反复推拉弹簧门，持续一个小时，每推一下就发出一声杀猪般的嚎叫，直到叫得连我妈都听不出那是我的声音。

万幸的是建设指挥部临阵换将，空降了一个新的副主任来分管此项目。他来我们公司参观时，恰逢我双手腱鞘都没有发炎，我走到大门前，灵活地翻动手腕，将门徐徐推开。新主任冲着我诧异地点了点头，我知道他心里一定在说，这个人是不是傻，开个门有啥好傻乐的，又不是洗浴中心的门。

最后这个项目不出意外地拿下了，我也功成身退，远走英国。在离开成都的飞机上，我俯瞰着双流机场二号航站楼那大气磅礴的建筑，"这里面也有你的一份功劳"，我爱怜地捏了捏我那饱经沧桑的手腕，自言自语道。

而在英国，我的腕关节腱鞘炎更是变本加厉，不可收拾。那里没有骨科医院和关节病诊所，这种伤势明显又不适合去看医师，于是我只得自己当起了赤脚医生，想尽一切办法搜刮民间伤药，自己给自己进行理疗，但是后果可想而知，生活全乱套。我最近一次腱鞘炎发作，是在一周前哥们儿的生日聚会上。在KTV里，有人点了《江南style》这首歌，我跳得兴起之时，在"电梯开门"的环节主动趴在地上做俯卧撑，让我哥们儿跨在我身上扭屁股。

刚撑了半首歌的时间，我就感觉左手手腕一阵剧痛，这腱鞘炎来得真不是时候。我拔地而起，全然不顾我的后背结结实实地顶翻了我哥们儿，他当场痛得蹲在了地上，不住地骂我。我根本不为所动，面色冷峻地坐在了沙发上，熟练地从放冰块的容器里拿出一坨冰来，旁若无人地给手腕做起了冷敷。

然后，我看见了那个依旧痛得蜷缩在地上的哥们儿，满脸无辜，又极其痛苦。

整个包间的群众都嗨翻了天，大家纷纷高呼着乱舞了起来，其实只有我一个人知道他的辛酸和痛楚。

我之所以讲手腕腱鞘炎的故事，是想告诉大家，不是每一个人，不是在每一个时刻，都能像我对付腱鞘炎的方法那样，用拳头代替手掌，用强硬代替温柔。更不是每一种伤口都能用严寒去麻木，伤口要温柔对待，细心抚平。

（四）

我一直说我是一个戴着拳套的诗人，只要我站上擂台，我的眼里就满是忧郁，我的脖子总是不屈。因为我就在那擂台上险些被人扭断了颈椎，我的颈椎椎间盘突出，就是拜这擂台所赐。

在拳馆里，我是由大师兄带着训练的。大师兄是一个苦行僧般的男人，我每次去拳馆，他都在那里准时出现，夏练三伏冬练三九，从没缺席。这点我无比佩服他，扪心自问我是做不到的，太枯燥了。他的生活里似乎只有泰拳，没有其他任何乐趣。如果说沉溺于游戏动漫的男人是宅男

166

的话，那么大师兄可以被称作"拳男"，这真是每个格斗家都梦寐以求的精神境界。

可是大师兄并不是一个合格的教练。他只是一个武痴，却不像职业教练或一个真正的高手那样收放自如。他曾经在对练环节中打断过我哥们儿胡云飞的鼻梁，导致胡云飞在自己婚礼的时候鼻梁都是歪的，群众还以为他被新娘子家暴了。

而在一次缠抱训练中，大师兄挑中了我和他对练。我当时就有一种不祥的预感，想拒绝都来不及了，他就像一只饿狼一样扑了过来，抱住了我的脖子，猛地一扭。我只听见一声脆响，然后我的颈椎再也无法动弹。

这就是我颈椎梦魇的开端。我在床上躺了不到一个月，然后就迫不及待地复出。也许就是因为如此，本来并不严重的外伤被我作成了不可逆转的椎间盘突出。我得到的教训是：你不善待你的身体，你的身体一定也不会善待你。

小时候我看动作片，特别羡慕里面的格斗家们在打架之前都要先轻描淡写地扭扭脖子，发出骨骼爆响的声音。而我把脖子扭成麻花都发不出任何响动，这让我着实羡慕得要死，我认为只有成为一个武林高手才能做到那样。

现在的我仍然不是一个武林高手，但我做到了，因为我是一个颈椎病人。我轻轻一扭脖子，就能听到脖颈后方传来炒豆般的响声，原来那是突出的椎间盘和颈椎碰撞的声音，那并不是金庸笔下所描述的少林派在运用的内功。

我哭着对自己说，电视里都是骗人的。那些格斗家们不过也是颈椎病患者而已，有啥了不起的。我现在也做到了，可我为什么还是觉得那么空虚呢？

大概是因为电视里的格斗家们在罹患颈椎病的同时仍然能够纵横武林吧。而我却再也不能踏上擂台了，就连在家里打打沙袋，都会导致颈椎钻心的疼痛。

我想到这里就难过，我只是想警醒世人，就是爱护好自己的颈椎。手折了可以用脚，脚断了可以坐轮椅，但是颈椎没了，就什么都没有了，只剩下空洞的眼神和无法弯曲的不屈。

（五）

听过许多奇葩的故事，但我这个奇葩的故事你估计是第一次听。

那年秋天，一个寒风习习的秋夜，我和女友携手去电影院，准备观看那场电影的首映。当时电影尚未开场，女友觉得无聊，心生一计，从爆米花盒里精选出一颗没有爆开的硬邦邦的玉米粒，恶作剧地塞进了我的耳朵里。

我当时不在意，把食指拇指伸进去想将这颗玉米粒掏出来，但那玉米粒太滑，根本无法捏住，反而被我推进去了半寸，陷进了我深深的耳道里。

这下我有些急了，因为这下用手是无论如何也掏不出来了。我想先将就着看完电影再说，可是我害怕等电影演完，那颗玉米粒就陷入我深深的脑海里了。于是我连电影也不看了，和女友飞奔去了校医院，那里的值班医生揉着惺忪的睡眼，一听我的来由，惊得那个医生睡意全无，他大概还从没有见过这么古怪的伤势。我甚至听见他打电话求助同事，在对话里用到了"日怪"这个词。"日怪"在四川话里就是"奇怪"的最高境界，是一种你根本无法用言语描述的奇怪。

我曾经和我中学语文老师探讨过关于"日怪"的涵义和来历，他给我举了一个生动活泼的例子，说假如你出门看见你的哥们儿正在亲吻一只来路不明的死猫，这种程度的奇葩大概就可以用"日怪"来形容。

当时我们校医院的值班医生一定认为我就是一个"日怪"，一个比亲吻来路不明的死猫的人还"日怪"的"日怪"。他用棉签蘸了碘酒，擦拭了我的外耳道，然后将镊子伸了进去，试图将玉米粒夹出来。这一夹不打紧，半个川大都听到了我撕心裂肺的惨叫。那医生吓得一个箭步跳开，落荒而逃，大概以为我被他捅死了，全然不顾镊子还插在我的耳道里。

我气急败坏地大叫："镊子还在老子耳朵里！镊子还在老子耳朵里！"他这才想起，满脸堆笑地回来帮我拔出了镊子。这下那颗挨千刀的玉米粒陷得更深了，估计已经到了我的中耳。那医生表示他无能为力，让我去大医院解决。

我离开的时候用余光瞥见他在写值班报告，那圆珠笔的走势分明是一个斗大的"日"字。

我真是个苦命的"日怪"。

我和女友打车来到了华西附一院挂了急诊，值班医生累得满头大汗也没夹出我的玉米粒，她不住地对着我破口大骂，说你们这些年轻人是不是吃饱了撑的，没事玩自己耳道干吗？

我女友一脸惭愧地站在一旁，我心有不忍，大包大揽地告诉医生说是我自己塞进去的。医生扭过头去看了看我女友，小声地嘟囔："多好的姑娘，怎么找了一个瓜娃子。"

我当时怒不可遏，你骂也骂了，损也损了，你倒是把玉米粒给我弄出来啊。结果这个庸医折腾了半天，除了把我痛得连毛衣都湿透了之外，连颗玉米细胞都没掏出来。她无奈地示意我去医院的五楼挂专家门诊，说那里有教授等着我。

我觉得我就像一个中了生化危机T病毒的可怜虫，在各种专家和医生之间被推来推去，大家都对我束手无策，只能眼睁睁地看着那颗玉米种子在我脑袋里生根发芽，直到玉米叶子从我眼眶里生长出来，我彻底地变成一个半人半玉米的"日怪"。

我带着这种绝望的念头来到了专家门诊，结果所谓的教授竟然是一个科学怪人般的大叔。他留着爱因斯坦一般的发型，一脸童趣地打量着我这史上最奇葩的伤员。我感动得眼泪都快下来了，他是那晚我遇到的唯一对我和颜悦色的医生，我心想等我的玉米粒被拔出来后，我一定要好好地报答他，不说把我女朋友送给他，至少也要送他下半辈子都吃不完的爆米花。

结果科学怪人也无能为力，他甚至召开了一个小型电话会议，召集耳鼻喉科的专家给我会诊。我听见他一会儿说四川话一会儿说普通话，心想我的耳道竟然已经惊动全国各地的专家了。我听见科学怪人在电话里说，实在不行只有手术，上全麻……

我吓得从椅子上跳起，准备夺路而逃，被我女友一把按了下去。我顿时觉得我成了一个孕妇，顺产不得只有选择剖腹产。我这下算是彻底体会到女人分娩时的不易了，从耳道里取出一颗玉米粒尚且疼痛至此，何况是从腹部取一个七八斤重的婴儿？

"母亲真伟大。"我哭着对我女友说，她一脸诧异地看着我，心想这孩子估计真被吓成傻子了。

科学怪人从他的电话会议归来，我歇斯底里地大吵大闹坚决不手术，他一脸温柔地安慰我："别害怕，这不是剖腹产，只是类似于顺产时用剪刀做一个侧切，扩大口径而已。"

"你其实还是顺产。"他盖棺定论道。

"我不要侧切！我不要侧切！"我哭喊着抵死不从。科学怪人无可奈何地叹了一口气，拿过来一瓶液体麻醉剂，说先用棉签给我浅表麻醉一下，之后看看能不能强行将玉米粒取出。

这个科学怪人果然有两把刷子，他放弃了镊子，找来了一把带有弯钩的长针，插进了我的耳道，慢慢地将玉米粒往外拉扯。

时间仿佛静止了，我看着科学怪人专注的眼神，心里反而感到无比的静谧。我觉得自己就像一个伟大的母亲，为了玉米粒能回归这个世界，我什么痛苦都愿意承受。

仿佛过了一个世纪的时间，那颗该死的玉米粒终于从我耳道里滑出。科学怪人长出一了口气，宣布我总算不用被侧切了。

我揉了揉我重获新生的耳道，里面仍然有一种撕裂般的疼痛。我挥别了科学怪人，和女友离开了医院。电影早已结束，我和她之后再也没有携手走进过电影院，直至分手。但是耳道里的疼痛仍然挥之不去，以至于我无法带上耳塞，因为疼痛，每每戴耳机右耳总会有一种恐惧感觉。

我后来买了一个包耳式耳机，戴着它去健身、去上课，在大街小巷招摇过市。那些平素里就对我不满的群众正好借题发挥，对我指指点点，说戴这耳机不就为装酷吗。只是每当我在健身房里重复着枯燥的机械运动，耳机里的重金属和硬核说唱震得我的右耳道隐隐生疼的时候，我总会想起那个装玉米粒的秋夜，那部还未开始就已经结束的电影，那些穿着白大褂的不同脸孔，和那个我生命中最珍贵的过客。

如果杨过爱上郭芙，那么他的断臂之痛也会成为刻骨的浪漫，不是吗？

记得很早前看过一本美国人著作的《朝鲜战争回忆录》，里面有一个当年的美军上尉说过的一句话："不要害怕疼痛，疼痛有三个优点，它能让你保持清醒，它能反映出你伤病的程度，最重要的是它能告诉你，你还活着。"

我们需要这样一些刺激，来提醒我们自己的存在，尤其是在自己最没有存在感的时候。

美好的记忆总是在脑海深处，像一团圣洁的光晕一样模糊不清。脑海深处有个伊甸园，园里的生命树下环绕着你所有的光荣和梦想。

但那是伊甸园，不是我们的人生。

唯有痛苦时时刻刻伴随着你，直到你失去知觉，生命终止，它才是你最好的朋友。

你钟爱和你为之奋斗的东西，带给你多少痛苦，就会回馈给你多少荣耀。运动如此，爱情亦然。为什么这个世界有如此多的软蛋，他们不敢放手去爱，他们害怕受到哪怕一丁点儿的伤害。也许他们才是正常的人吧，这个世界上正常人太多，他们是断然无法理解我们这样的偏执狂的。他们永远也无法理解，当一个男人将左脚的绷带解下缠在受伤的右脚，将受伤后的手掌握成拳头的时候，哪怕他最终一无所获，但在那一刻，他已经是一个赢家了，至少在他自己的心里是。

这其实是一种仪式，经历过这种仪式的人一定会变得不一样。

辛酸尽头是甘甜

（一）

那年在英国留学，住处的租约期满之后，我和室友黄子牛在将要离开英国前剩下的不到一个月时间内却找不到短租房。

眼看就要露宿街头，无家可归了，我俩急得就像热锅上的蚂蚁。好不容易使尽浑身解数，在中介网站找到了一个女房东，其住房条件非常符合我和黄子牛的要求。而且该中介网站还会挂出房东的照片，我发现那女房东是一个波霸[1]，照片里房东丰满的上围呼之欲出，几乎像电影中的贞子[2]一样从电脑屏幕里爬出来。那一刻我真祈祷她就是贞子，和我上演

---

[1] 波霸：是指胸部（乳房）大到诱人的女人，通常指那些举止轻佻并且胸部又很丰满的女子。

[2] 贞子：是经典日本恐怖电影《午夜凶铃》中一个恐怖的角色。电影中堪称经典的一幕就是贞子从电视机里爬出来并通过惊吓和超能力攻击人类心脏。

《午夜凶铃》。我把她的照片给黄子牛看，黄子牛当场就高呼万岁。他刚呼完第二遍，我打断他，问他这事和万岁有什么关系？他自豪地用长沙话说道："世界人民大团结万岁。"

我当下就被黄子牛的长沙话所打动，我还以为那是韶山话，听得我热血沸腾。我看着波霸房东的头像，豪气干云地说："我们在此胜利会师。"黄子牛提醒我："你那是四川话"。我跟他说："你代表湖南人，我代表四川人。"然后我指着谷歌地图里波霸房东的房产所在地，"我俩就在这里会师"。

但是黄子牛改写了会师的历史，关键时刻掉链子，他没有代表湖南人和我会师，他扔下我，去和一队马来西亚华人搞大团结去了。我自是孤掌难鸣，我可不愿意一个人拖着行李去和波霸房东搞大团结，要知道她那还有其他的两个性别未明的房客呢。

据黄子牛说，他的马来西亚房东是一名大人物，和利物浦的华人社团有着千丝万缕的关系，在他所在的区可算是一言九鼎，一呼百应。黄子牛告诉我："我的房东叫龙哥，你以后在利物浦如果路见不平，就报龙哥或我的名字就行了！"黄子牛用长沙话跟我吹牛。

我将信将疑，我知道他找的房东不是什么善类，我看见黄子牛把他的QQ签名改成了"Beat me if you can.（如果你能打败我）"，微博上的注释改成了"Survive if I let you.(如果我让你生存)"，我顿时对他拥有的实力肃然起敬。我明白黄子牛变成了一个有身份的人，他不仅不会丢掉肾脏，说不定还能得到额外的嘉奖。

黄子牛甚至暗示我，只要他愿意，立马就能端掉波霸房东的老窝，让波霸房东无家可归，摇尾乞怜，然后匍匐在他脚下。

"这叫黑吃黑。"黄子牛老谋深算地告诉我。

我想象了下黄子牛日后飞黄腾达的嘴脸，他一定对人招之即来，挥之而去。我想我早该跟黄子牛一起，去马来西亚华人团体那里会师。现在可好，我还没找到根据地呢，黄子牛已经开始享受美好生活了，我好不后悔！

我想，不许我吃肉，总要让我喝点肉汤吧！黄子牛一人得道，我也应该跟着鸡犬升天。那天我和几个朋友去利物浦一家华人新开的KTV唱歌，包间的音响设备有问题，跟服务员反映了不下十次她也置之不理，而且那个服务员没穿黑丝，这更让我恼火。我恼羞成怒地表示要去找经理投诉她，在场的一哥们儿也响应我的号召，说这事包在他身上！于是我认为鸡犬升天的时机到了，将那哥们儿拉到厕所包间，跟他透露了这个江湖秘密："我同学黄子牛的房东是个大人物。"那哥们儿在厕所包间里大吃一惊，请我报上房东姓名，他好去吓唬KTV经理。我想了想，黄子牛只告诉我那个房东叫龙哥，于是我编造了一个听起来很屌的英文名"Dick"，告诉他说："房东叫Dick龙。"

"你把他俩名字都报出来，据说黄子牛现在在这一带也很有名气。"我跟在他屁股后面补充说明。

然后那哥们儿去到前台，就像领导视察工作一样地叫来了值班经理，他把经理拉到角落，故作神秘地问他："你知道我认识谁吗？"

"不知道。"经理一脸茫然地回答道。

那哥们儿左顾右盼之后，压低声音告诉经理："听过黄子牛或Dick long吗？"

刚说完这话，这哥们儿还没来得及反应，他就被经理叫来的保安赶了出去，我们连包间都不要就落荒而逃。

我至今都没想通为啥经理当时勃然大怒，看来这招不好使，《古惑仔》里都是骗人的，黄子牛就是一感情骗子。

于是我心灰意冷，波霸房东没了，靠山也不好使，我也懒得再寻觅根据地了。我搬到了我在利物浦的一长辈家里，借宿三周。这倒也好，房租都省了，只是那个长辈家离学校太远，每天早上我得七点起床，八点坐我叔叔的车去学校图书馆（他在学校附近上班）。

哥们儿我高中毕业后就再没有这样起早贪黑过，一开始我颇为不适应，生物钟被打乱了，拉屎都不香。过了好一阵子我才慢慢习惯，倒是让我的论文写作进度突飞猛进，将其他同学远远甩在身后，毕业答辩也得到了充分的准备，最终使我顺利通过答辩。

一时间我是春风得意，趾高气扬。心想我在学术界也是有身份的人了，虽然不能像黄子牛那样过上荒淫无度的生活，但书中自有颜如玉。我也与时俱进地把QQ签名改成了"I am the king.(我是国王)"把微博上的注释改成了"The king of kings.(王中之王)"。国内的好友看见了我高调的签名，问我是不是有什么喜事，我告诉他我最近学业有成。他说愿闻其详，我当时就想起了关于科比的著名段子——有记者问科比："科比，你为什么如此成功？"科比反问记者："你知道洛杉矶凌晨4点的样子吗？"记者摇摇头。科比："我知道每一天凌晨4点洛杉矶的样子。"

于是我反问我好友："你见过利物浦早上8点的样子吗？"

我好友莫名其妙地回答我："我连四川都没出去过，哪去过利物浦？你拿我寻开心吗？"

我灰溜溜地正准备下线，他又补充说明道："不过我见过伦敦晚上8点的样子。"

我啧啧称奇："你不是连四川都没出过吗？"

他说："我见过2012年奥运会的开幕式直播，那不就是伦敦晚上8点的样子吗？"

我当场就把他拉进了黑名单。

所以说，努力或者被逼无奈的努力，都会有好的结果。

（二）

言归正传，我本是一个正经的人，我属于图书馆，而不是江湖，所以今天我要给大家讲讲图书馆里发生的故事。

没有最心酸，只有更心酸。

我每天在图书馆待到下午5点10分左右，然后我叔叔从他的单位下班，开车到图书馆来接我。一般来说，他下班的时候会给我打电话，然后我出门，在路边一个酒吧门口等他。但是那天下午我手机早早就没电了，在快要自动关机的最后时刻，我给他发了一条短信，跟他说我还是在老地方等着他，我手机要没电了。

发完短信，收拾好我的书包，挥别了图书馆里穿黑丝的英国女人，到了酒吧门口等他。我左等右等，等到五点半他还没来，我有点着急。不知是不是他没收到我短信，我掏出手机，发现已经自动关机了，这可如何是好？酒吧离图书馆有一定距离，我肯定不能回去，否则他恰好这时过来了怎么办？而且我没带手机充电器，回去也没用，我翻遍了我的书包，发现我带着手机的USB接口数据线。我想，难道我要在大街上把笔记本电脑拿出来给手机充电？这多有损我刚建立起来的"王中之王"的形象啊！

但我也怕我叔联系不到我着急，于是也顾不了那么多，拿出笔记本，把数据线连上手机，让没有外接电源的笔记本电脑那微弱的输出电压，缓缓地注入我的手机里，就像给一个失血过多的病人用《小夜曲》的节奏输血，真是急死我了。好容易把手机打开，我看见有了1%的电量，我赶紧给我叔拨去了电话，竟然无法接通，他大概是在地下停车场。我只有蹲在地上捧着手机，等着他给我打过来，这等待真是度日如年，这等待真是生不如死。

我记得爱因斯坦在被无知群众问到怎样理解相对论时，他的机智回答让人们的掌声经久不息："如果你在一个漂亮的姑娘身旁坐一个小时，你只觉得坐了片刻；反之，你如果坐在一个热火炉上，片刻就像一个小时，这就是相对的意义。"

我现在终于明白时代的局限性，爱因斯坦今天如果地下有知，一定会从坟墓里爬出来把论据改为："反之，你如果蹲在大街上，用笔记本电脑给手机充电，等待一个来电，这片刻就像一个世纪。"

秋风萧瑟的利物浦，夕阳拉长了我的身影，我蹲在地上，怒视着来往的人群。

有一些衣着暴露的英国女人似乎觉得我在不怀好意地窥视她们的裙底风光，一脸鄙视地绕开我行进；另一些德高望重的老派绅士，看见我蹲在地上，面前铺着电脑套和一个街头从艺者般硕大的书包，还以为我是来自东方的流浪艺人，几欲给我施舍几个便士，被我一顿怒目给吓了回去。

我想说："你们岂知拳王李淳是正儿八经的好人！"

为了避免误会，我只好站起身，将笔记本捧在左手，右手拿着手机。我合上了电脑机盖，过了好一会儿手机电量仍然只有1%，估计是电脑自动进入休眠模式，输出电流变得更小。我就这样站着，宛如雕塑。

在路过的群众里，不乏有图书馆刚和我挥别的穿黑丝的英国女人，她们纷纷侧目，看着这个奇怪少年，那目光惊奇里带着怜悯，仿佛在想象着一个悲惨的身世。就在这时我叔终于打来了电话，我激动地在大街上大吼："是的，我在酒吧，你来接我吧！"吼完我才想起外国黑丝们哪听得懂中文，我这样是无法澄清我装雕塑的动机的。于是我只有含着屈辱的泪水回到家里，重整山河待来年。

一万年太久，只争朝夕。我又来到了图书馆，我想我一定要还自己一个清白。恰好这段时间文科图书馆正门在修葺，入口改在了侧门，没有了门禁系统，不用刷学生卡就可以自由出入图书馆。利物浦大学的文科图书馆简直就成了一个网吧，别说扮雕塑的小偷了，恐怖分子都可以自由出入。所以我的U盘也被人顺走了，此图书馆近来真是人口成分复杂。

害得我在图书馆里上厕所都要把笔记本电脑随身带着，以防被人顺手牵羊。要知道我电脑要丢了的话，那可不是好玩的，还有很多重要文件在里面的。可我出入男厕所还带着笔记本，这未免又成为图书馆里的一道景观。很多前一天在路上一睹我落魄情形的英国黑丝，今天又看到了这个熟悉的少年，抱着笔记本深入茅厕，她们又会有何感想？这次恐怕就没那么艺术了。恐怕她们会觉得我是不留胡子的恐怖分子，手持看似普通却不普通的高科技武器，时刻准备颠覆历史。

就在我走进厕所时，我看见了黄子牛！我就像一个失血过多的伤员看到了一包血浆一样，不顾一切地朝他扑了过去。我准备把电脑交给黄子牛，让他替我保管，这样穿黑丝的英国女人们就不会再误会我是带着电脑去厕所里搞颠覆！

我正准备开口，忽然想到了昨天的教训，英国妞儿不懂汉语的，这样我就不能给自己拨乱反正。于是我当场改用英语跟黄子牛说道："How are you？（你好吗？）" 黄子牛一愣，大概以为我吃错药了，干吗跟他说英语。于是他机智地回答："Fine thank you，And you？（我很好，你呢？）"

"I'm fine too. Could you keep my laptop for a while？ I want to go to the toilet.（我也很好，你能帮我保管一下笔记本电脑吗，我想去厕所）" 我满意地继续着对话。

黄子牛好像急着要去打印文件，他不知我要上多久厕所，于是用半生不熟的口语问我："Which kind？（哪一种？）"

我只有如实相告："The big one.（这个大的。）"

黄子牛不耐烦地挥挥手："Fast go fast back.（快去快回。）" 我感激地一抱拳，边向厕所冲去边回头说了句："Thank you mate!（谢谢你哥们儿！）"

黄子牛毫不居功地点点头："Serve the people.（为人民服务。）"

就这样，我终于化解了穿黑丝的英国妞儿对我的信任危机。而且我也重新体会到了同学的温暖，黄子牛也不完全是个感情骗子，他还是有优点的。想到这里，我坐在马桶上忍不住欣慰地捏了捏自己的脸，觉得世上还是好人多。

从厕所出来，我顿觉浑身舒畅，神清气爽。我找黄子牛要回我的笔记本，心想演戏演到底，送佛送到西，于是我假装不认识黄子牛，用英语问他叫啥名字。黄子牛认真地回答我："My name is LeiFeng, and you?
（我的名字是雷锋，你呢？）"。

我冲着不远处正看着我的黑色笔记本窃窃私语的穿黑丝的英国妞
儿，扬了扬手机和电脑，回头告诉黄子牛："My name is Tall-Rich-
Handsome.（我的名字是高富帅。）"

这真是拨乱反正、苦尽甘来的一天。

你见过凌晨四点的太原吗

你见过凌晨四点的太原吗？在七十年前，"凌晨四点"这个时间点人们叫它为寅时。我站在寅时太原的迎泽大街上，双向十四车道的柏油路一望无际。我踩着松软的积雪，寒风就像刀锋一样刮着我的脸。

"你知道吗，古太原没有这么宽的街道，这条街是解放以后规划建立的。旧时的太原充斥着蜿蜒繁复的丁字路，就像人的血管一样枝桠丛生。"我的山西老乡陈志立告诉我。

"为什么要修那么多丁字路？"我疑惑地问。

"这个就要去问古人了，我又是如何知道的？"陈志立这样回答我。

我无言以对，看来还是要多翻史书，才能解答这个问题。

那次回到山西，是和我的哥们陈志立一同寻根祭祖。说来惭愧，身为山西人在四川的众多后裔之一，我还是头一次回到老家，陈志立亦然。我爷爷的老家在文水县刘胡兰村，村民世代以屠牛和生产牛肉制品为生，我在当年刘胡兰受刑的地方被热情的乡亲们施以"肉刑"，别想错了，其实是老乡很热情，狠狠地让我吃肉。乡亲们说："年轻人，大过年的，多吃点。"我说："吃够了。大过年的撑死了，不吉利。"

乡亲们指着刘胡兰纪念堂说："怕死不是山西人。"

然后，我差点吃成了胃溃疡。

除了胃不大好受以外，我的寻根之旅波澜不惊。而陈志立就不一样了，他的还乡之旅情绪反复、荷尔蒙紊乱。他太姥爷和我爷爷都是因为个人问题离开的山西，不同之处在于我爷爷是为了逃婚，而他太姥爷是因为私奔。

我爷爷从当时的穷山沟里逃了出来，跟家庭给他包办的童养媳（还没过门）不辞而别，参加了八路军，随部队南下到了四川，迎娶了成都白富美——我奶奶，迈上人生巅峰。而陈志立太姥爷的离乡史则一片凄凉。

陈志立告诉我，他太姥爷姓张，当年本来是给地主家扛活的长工，和地主女儿日久生情，携手私奔，从文水借道太原，想逃去河北。结果在路上遇到日本鬼子，兵荒马乱之间二人失散，地主女儿成功落跑，逃到了河北保定。到了保定之后，却发现自己有了身孕，但她还是咬了咬牙把孩子生了下来，这孩子就是陈志立的姥爷。

地主女儿带着陈志立的姥爷嫁给了一个老红军，姥爷也随老红军改了姓，全家人随部队南下来了四川。老红军在80年代初去世，所以两个太姥爷陈志立都没见过，不管他们是长工还是老革命，陈志立都毫无概念。他说他只想回文水去吃当地的风干驴肉，他舔了舔嘴唇，说文水有这么好吃的驴肉，他太姥姥怎么舍得跟人私奔。吃货的世界，无人能懂。

我们在长工太姥爷的祖宅里见到了张家的长辈，他是当年长工太姥爷的侄子，现在已经84岁了，白发苍苍，眼神浑浊，看上去有500多岁。张大爷颤颤巍巍地领着我们去参观了张氏家谱，我看见最下面的分支里，长工太姥爷——张全发，孤零零的一人，没有妻子，没有子嗣。

也难怪，地主女儿和他没有过门，子孙也改了姓，所以在地主和张家的家谱里，都不会出现这个女人（北方农村家谱没有女儿，只有媳妇，所以地主家谱里不会有他太姥姥）。"我太姥姥是一个没有编制的人。"陈志立总结道。

"啊啵哇哇啦呓咯咔唔啊"张大爷对我们说。他说的是文水本地的话语，我们虽然听不懂他的文水话，但是从他肃穆的眼神里读出了他对陈志立太姥姥的敬仰。

怎能不敬仰呢，一个地主千金，不顾世俗的眼光跟着长工私奔，还抛弃了文水的风干驴肉，这需要多大的勇气。我在心里默默地崇拜着。

陈志立祭拜了自己的太姥爷，吃掉了无数块风干驴肉，然后和我一道回了太原。不知是不是驴肉激发了他的荷尔蒙，他突然变得伤感和意气风发。他向我提出要求，要在凌晨四点爬起床去欣赏太原的夜景。我问他是不是驴肉吃多了有劲儿没处使？他说他的太姥爷就是在1940年的冬天，在寅时的太原街道和他太姥姥私奔，然后走散，他想去体会那种情怀。

我虽然不愿意那么早起床，他太姥爷的情怀和我也没多大关系，但我还是欣喜于陈志立的变化，至少他不是只知道吃驴肉了。

于是我就在凌晨四点的时候，和他一道走出了酒店，去了迎泽大街。初春的寒风比切刀削面的铁片还锋利二十倍，刮在我们脸上，我觉得我要是在山西生活，买剃须刀的钱都可以省掉，每天站在寅时的大街上被风吹一下，脸就光洁了。

陈志立的情绪则复杂得多，他看着空无一人的街道，想象着70多年前的那一场世纪私奔。他说他太姥爷牵着太姥姥的手，赶着驴车朝着太原东边的娘子关狂奔。"只要过了娘子关，就是河北地界，就能去保定吃驴肉火烧了。"陈志立替他太姥爷憧憬着。

谁知二人在路上遇到了巡夜的日本兵，试图强行征走他们的驴。太姥爷性子刚烈，和日本兵打了起来，他夺过日本兵的刺刀将对方捅倒。这下二人闯下了弥天大祸，好容易逃掉了地主家丁的追击，又要面临日本鬼子的围捕。太姥爷和太姥姥在那个初春的子夜，在太原凛冽的寒风里艰难前行。

太原的丁字路，让他俩走着走着就迷了路。身后的日本兵骑着三轮摩托渐渐逼近，雪后泥泞的地面，驴蹄和驴车辘轳的印记成为了捕猎者最好的路标。

太姥爷听着身后的马达声，估摸着再有一袋烟的功夫，二人就会被日本兵追上。他想着自己贱命一条，死了也就罢了，可太姥姥落入日本兵手里，那真是不堪设想。正心急如焚的时候，二人又来到了一个丁字路口。

"往左还是往右？"太姥姥问他。

太姥爷抬起头，看见天际露出了鱼肚白，他知道寅时过去，天快亮了。他终于得以辨明东方是在哪边。他凝视太姥姥半晌，猛然一把抱住了她，他抱得是那样的贪婪，仿佛想在一分钟的时间里和她过完这一生。

原本吓得屁滚尿流的太姥姥在这一刻却平静了下来，也许这就是山西男人的魅力所在，那种从胸膛上、肩窝里散发出来的雄性荷尔蒙气息，就是她不顾一切跟着他私奔的缘由。至于这种气息到底是啥，她说不清道不明，这是她最熟悉的气息，哪怕只有一瞬间，她也会忘掉天地，忘掉安危。

太姥爷在太姥姥耳边轻声说："你沿着丁字路口向右，一直朝着天空泛白的方向走，一直走下去，不要停，出了太原城，鬼子就不会再追了。"

太姥姥还没明白是怎么回事，就被太姥爷一把推下了驴车。太姥爷把装满干粮的包袱扔给了太姥姥，然后头也不回地驾着驴车沿着丁字路口往西行驶，直到消失在太姥姥的视线里。

太姥姥沉默地哭泣着，她当时并不明白太姥爷为何要那样做，她听得日本兵的声音已迫近，只得拾起包袱，朝东步行而去。

接下来的事就如前文所述，她去了保定，吃到了驴肉火烧，生下了儿子，嫁给了老红军，来到了成都，在那个远比山西温润的城市定居下来，世代生息。这个故事，也是从她太姥姥那儿听来的，陈至立那天跟我娓娓道来。

他说她太姥姥再也没回过山西，但经常讲起那个故事。他一直以为太姥爷当时是在太姥姥和驴之间选择了驴。

那天，陈志立站在冰雪苍茫的迎泽大道上，想象着70多年前的那一场私奔，他终于看穿了一切。

陈志立告诉我，太姥姥在临终前，又一次给他讲起了那个凌晨的故事。那已经不知是他第几百次听了，可最后那一次不一样。他太姥姥仿佛是在回光返照中记起了所有的细节，她说太姥爷和自己分道扬镳的时候，把之前摘下来的驴铃铛又系回了驴脖子。所以在此后的70年中，她一闭眼就能听见那远去的驴铃声。而在最近几年，那铃声愈发清晰，似乎在召唤着她。

"他那是在诱敌深入。"我拎着陈志立的耳朵感叹道，"你还以为你太姥爷选择了驴，你真是够了。"

聊着聊着，天就亮了，我看着一望无际的迎泽大道、四通八达的太原城，那些曾经遮龙挡虎的丁字路已经被后来的公路代替。

当地陪的山西表弟这时睡眼惺忪地从酒店出来，问我俩怎么凌晨四点就起床。我没回答他的问题，而是反问他："你知道太原以前为什么那么多丁字路吗？"

"什么丁字路？"他问我。

兵荒马乱的岁月早已过去，现在安静平和的生活，让我们能够在夜半踏实睡稳。铭记历史，不忘初心，这才是该有的情怀。

第四章
我们随时都能相聚

我可以编织梦境，你也能。
但我们各自梦里的世界永远
无法交融，而现实中的我们
生活在同一个世界，随时都
能相聚。

阿龙的故事

我认识阿龙，还是通过王宾认识的。

王宾是我在利物浦时的好友，他来自水泊梁山的发祥地——山东，为人慷慨，急公好义。朋友托他办事或找他借钱，他从来都不会拒绝。后来有人看准了他的软肋乘虚而入，找他借了3000多英镑，那人一拖再拖就是赖着不还，王宾这才着急得四处找朋友商量对策。王宾有个朋友是广东人，参加了利物浦的一个老乡会，说会里有几个都是混当地广东帮的，要不要找他们来帮忙讨债。

王宾开始还觉得不太好，毕竟朋友一场，不想撕破脸皮。那广东人虎着脸说道："我老爸死得早，死之前嘱咐我，破财消灾、挨打站定、欠债还钱、杀人偿命，这是天经地义的事。"

于是王宾只好出此下策。他打电话约到了那个欠钱不还的朋友，相约去某酒楼见面，俩人刚上楼，欠钱的那哥们儿就被满桌杀气腾腾的江湖人士吓尿了裤子，当场就乖乖掏出手机从电话银行转账给王宾。完事后，广东帮的弟兄拍了拍王宾的肩表示借护照一用，王宾知道他们是要用他的护照去帮人偷渡，有些犹豫，不过他想起了"破财消灾"，现在灾消了，都没让他破财呢，借护照就借吧。

护照借给了帮会，王宾垂头丧气地回到自己租住的房子里，闷闷不乐。他的房东提着一瓶伏特加，摇摇晃晃地走过来，问他有什么心事，王宾和盘托出。房东说："这事我替你搞定，你放心吧，来饮杯啦。"王宾借酒浇愁，喝得不省人事。

第二天王宾醒来时，发现护照已经放在自己的床头。他这才明白他的房东不是普通群众。

他的房东姓龙，我们叫他阿龙。我那时经常去他家找王宾喝酒，阿龙是个酒鬼，总是不请自来，提着酒瓶就加入，每喝必多，一喝多就给我们讲述他自己的革命家史。

阿龙英文名叫Dick，中等身材，四十岁左右的年纪，广东人氏。其父亲曾是某权力部门高官，阿龙年轻时依托其资源快意人生、吃香喝辣，自己在广州有一化工厂，衣食无忧。后来因其父东窗事发，阿龙不得不舍弃大好温柔乡，拿着一本学生护照去了英国。

在英国他也无心读书，可又不能回国，于是就四海为家，最后他去了曼彻斯特一家中餐馆当厨师。据说该餐馆的老板是因为心软收留了他，这一心软不打紧，培养出了一个黑道大哥。

在英国华人酒楼，要想不受欺负，唯有拉帮结伙或者甘居人下。阿龙跟着老板阿伟在曼彻斯特打拼了几年，逐渐显露出他的英雄本色。他在出租屋屋顶种大麻，和其他帮派抢地盘、打架，帮人收账赚外快，可以说是坏事做尽。多年以后阿龙酒后跟人吹牛，说自己除了没去警察局门口上过吊，啥事都干过。结果，对方当场就拍出200英镑，让他去警察局吊一个。

阿龙当时酒壮怂人胆，拿起200英镑就真去了警局。他去厨房找了根捆龙虾的麻绳，虎虎生风地走在街上，把上衣脱得精光，光着膀子露出自己的玉麒麟文身，有一种翻身做主人的感觉。他说自己当时觉得中华民族五千年的苦难都被自己的虎虎生风刮到了太平洋里，当时要是英国首相来了，他也敢把自己捆成一条龙虾。

后来他在街上被巡夜的警察看见了，大概人家觉得他衣冠不整，就上前询问他的身份。阿龙说他当时酒还没醒，还以为警察设下了天罗地网，要将他捉拿归案，所以他撒腿就跑，等他被警察按在地上时，他已经把麻绳从皮带扣里穿进去，系在裤子上了。

"It's my belt.（它是我的皮带。）" 他耐心地跟警察解释，"I'm a poor man.(我是个穷人。)"

警察问他的名字，他告诉警察：My name is Dick Long.（我的名字是李小龙。）刚讲完警察就把他铐了起来，他在警局里被关了24小时，后来因为证据不足，警察只有把他释放。

阿龙给我讲述这个故事时，我震惊于他如何能够边逃命边把麻绳系成裤腰带。阿龙反问我："你有没有去过深圳啦？知不知道深圳发展那么快，全因为那条标语'时间就是金钱'啦。时间很宝贵的，我在厨房的时候，很多事情都只用一秒钟啦。"

这话题峰回路转，我一时没反应过来，过了好一会儿才明白二者的联系。我问阿龙："你就这样练就了你系裤带的手法？"他点燃一根烟，陶醉地点了点头。

不过他说他始终想不明白为啥警察听见他名字后就把他抓进去了，我想告诉他，他的英文名起得有点不合理，但我又不敢说出口，只有安慰他："你看过西游记吗？里面孙悟空也是回答了自己的名字，就被妖怪收进瓶子里去了。"

阿龙大笑了起来，差点把烟吞了下去。他笑起来还是很可爱的，让人甚至忽略掉他脸上的刀疤。

不过他喝醉了就不怎么可爱了，总是大喜大悲，长歌当哭。他每次喝醉了必做一件事，那就是唱歌。他每次都如泣如诉地吟唱同一首歌《捕风的汉子》，以至于我从来没听过谭咏麟的原唱都能一字不漏地唱出来。"昨天有位仿似是，关心我的女子。昨天我于她眼内，找到千篇爱诗，但是像阵风的她飘到后，转眼又要飘走像片风疾驰。谁人长夜里苦追忆往事，现她不想要知。"

王宾在一旁偷偷告诉我，那个风一般疾驰的女子就是阿细，当年跟阿

找阿伟，想跟他算账。"阿龙说。

"你带枪了吗？"我忍不住插嘴道。

"枪？我连刀都不带，你没听过'曼城阿龙境界高，行侠济世不用刀'？"阿龙回答。

"那你难道用拳头？"我不住地问。

"我在广州的时候可是拿过业余拳赛冠军的，我打架一拳一甩棍足矣。"阿龙从柜子里拿出他多年来傍身的ASP甩棍。

"我们当时在车上装上汽油瓶（当炸弹使），就往中国城走。我们以前有一次半夜出去和黑人打群架，开了两辆车，其中一车上面有枪，另一辆车装着汽油瓶。结果在路上和其他车辆连环撞车，两辆车都毁了，人也受伤了走不了，警察和救护车都来了，没办法大家只有去医院。出院后持枪的人全被抓了，但是带汽油瓶的那几个哥们儿却被放了出来，你猜他们怎么跟警察解释的？说那是用来照明的。英国的警察也真是天真，居然相信了。"阿龙悠悠地说道。

"所以后来我们出去打架就只带汽油瓶和甩棍了，被警察查到了也没有证据关我们。"阿龙再次把学生签证赋予自己的大智慧运用到了帮派生涯中。

"以及我的拳头。"他摇了摇右拳，那轻佻而不羁的神情让我想起了"拳坛金童"奥斯卡·德拉·霍亚。

战无不胜的阿龙这次要面对旧主了，听到这里，我和王宾都紧张得腿毛倒竖。

"我们到了中国城，进了阿伟的酒店才发现中了埋伏。阿伟在曼彻斯特和利物浦是老大级别的人物，黑白通吃的。我们几个兄弟怎么是越南帮的对手，个个被打成了猪头皮。最后我被按在桌上，要废了我。"阿龙说。

"怎么废？"我毛骨悚然地问道。

"就是挑了我手筋脚筋。"阿龙的语气平静得就像电台主播。"我一直以为自己不怕死，但是生平第一次遇到这种事，还是惊得不行，我不想下半辈子成废人啊。于是我就和他们谈条件，答应把我所有的资产全部转让给阿伟。"

"然后他们就放你回来了？"我急着问道。

阿龙干笑一声，就像是在咳嗽。他从衣兜里伸出左手，示意我们凑近了仔细看。

我们发现他的左手小指和无名指无法弯曲和动弹，那是假的手指，完全可以以假乱真、混淆视听。所以我们跟他相识这么久，从来没有注意到异样。

"他们要废了我带去的俩兄弟，我不干，就说替他们受过，一人抵一根手指，然后就这样了。他们没把手指还给我，当着我的面就拿去喂狗了。多谢女王，英国全民享有医保，看病治伤都不要钱，我就选了最贵的义指。"他似乎很满意地把左手翻来覆去地欣赏，仿佛那伤口已经痊愈，新指得以重生。

我理解阿龙刚才的举动，如果我能用两根手指救回兄弟的命，那么我也一定会对这个伤痕满意一辈子的，那是男人的勋章。

"我灰溜溜地回到家，发现阿细已经不在了。我不知她去了哪儿，我唯一知道的是，我这下什么都没了，包括我的这个'家'，我马上就得搬出去。"阿龙叹了口气。

"后来我就来了利物浦，那儿有我几个老友。他们给我在餐馆里找了一份厨师的工作，让我重操旧业。我虽然只有八根手指，但是切菜、炒菜比他们都利落，他们都叫我八指叔。"说到这里，阿龙的眼里充满自信，似是又燃起了火焰。我知道，无论他在哪里，无论他在干什么，豪情胜慨永远都在。

英雄总会老去，但英雄永远是英雄。

"那后来你知道阿细到底去了哪吗？"王宾实在按捺不住，终于冒着被阿龙用甩棍打脸的危险问了出来。

"她在我被砍的那天晚上就回阿伟那里去了。我后来才知道，阿细本来就是阿伟的情人，只是大家都不知道。后来她在餐馆跟我搞地下恋情，被阿伟发现，阿伟要收拾她，她求饶说愿意戴罪立功，跟着我就当是个卧底。后来我果然做大了，在曼彻斯特阿伟已经压不住我，还处处被我抢生意。于是他们就来了这么一出戏，骗我上钩。阿伟当时肯定知道我人手不够，而且也知道，只有为了阿细，我才会失去理智、不顾一切地去找他拼命。"阿龙说道。

"那现在呢？他俩还在一起？你不想去找他们报仇吗？"我被那对狗男女气得七窍生烟，恨不得率领我们计算机系的学生去曼彻斯特和阿伟拼命，要知道我们班有个黑人身高2.1米，还有一个黑人长得和麦迪一模一样。

"呵呵，阿伟后来贩毒，案发了，结果他却成功跑路，带着英镑离开了。"阿龙慢慢地说。

"阿细也回去了？"我问道。

"阿细被抓了，判刑了，现在在局子里呢。"阿龙说。

"活该！"我和王宾的掌声经久不息。

"我还去看过她，我真是没出息。"阿龙讪讪地笑道。"我不去的话真没人管她了，我给看守送了钱，不然她一个华人在监狱里会被欺负死的。"

"她还有3年就出来了。"阿龙又望着曼彻斯特的方向，这次他终于没有骂我。

我看到阿龙深邃而浑浊的眼里突然有一种晶莹剔透，不知是泪水还是流转的眼波。

我终于明白他为什么到现在都孑然一身了，他一定是在等待着什么。

【Can you feel my rice】 "冚家铲" 黄金炒饭

在利物浦的时候，阿龙请我吃他做的"冚家铲[1]"黄金炒饭，说白了也就是蛋炒饭。

人们叫他"冚家铲"是因为他把菜刀和锅铲使得出神入化，才因此得名。

那是我这辈子吃过的最好吃的蛋炒饭，准确地说是黄金炒饭。我当场偷师学艺，将这道江湖名菜牢记于胸，让它挥别了英帝的大麻、仇杀和"绿帽子"，回到了社会主义祖国的怀抱。

我东施效颦，在某天兴致一来匆忙炒就了这盘"冚家铲"黄金炒饭。我把江湖道义和淡淡的乡愁寄托在这三两东北大米里，不知利物浦的阿

[1] 冚家铲：全句是表示把对方全家死清光，也就是希望对方全家也遭不幸，是十分恶毒的骂人话。

龙,Can you feel my rice(你能感觉到我的饭吗)?

先介绍下即将登场的食材:

一碗隔夜米饭,半根黑龙江水黄瓜,三枚从我的茶叶蛋卤水里死里逃生的纯粮土鸡蛋,和少许葱白。

第一步:先将黄瓜头切下来,用小刀将瓜肉挖出,直到能够将中指伸入,就像一顶帽子。这黄瓜帽作何用途,下文自有分晓。

第二步:隔夜饭往往容易粘连,故采用阿龙教给我的独门秘籍,将米饭泡入水中搅散,直至饭粒颗颗分明,"妻离子散"。

第三步:然后用滤网将米饭控干,不能有水分残留。

阿龙曾经说他自己炒菜的风格是"耐心",他问我的风格是什么,我想了想告诉他"狂野"。这得到了他的称赞,他告诉我,每个厨师都要形成自己的风格,并将其融入到炒菜过程的每一个细节里。

于是,我为了形成自己的狂野风格,决定用天然气灶加热米饭,这样同时也能大量减少控干水分的时间。这里需要注意两点:1. 使用小火,让米饭远离火苗,否则,米饭会被烤煳。2. 在厨房里将家人清空,不然他们百分之一千会认为你吃饱了撑得没事干在烧烤米饭,他们会"砍死"你的(我就差点被我奶奶砍死)。

所谓"黄金"炒饭,即是在下锅前,将蛋黄打入米饭中,进行搅拌,将米饭与蛋黄充分融合。因为蛋黄有极强的吸水性能,能把米饭里的水汽完全吸收,这样米饭才能粒粒分明、不粘锅,出锅后的炒饭更是拥有黄金一般的光泽。

　　我分离蛋黄、蛋清的手法习自阿龙，只用单手。阿龙指功惊人，他仅用左手的三根手指就能完成此步骤，而我有五根手指，终是技逊一筹，每次分离鸡蛋，都会粘在手上。

　　接下来就是阿龙独步炒饭界的奥秘：鸡蛋打完之后，搅拌时要用手指，不能用筷子或其他工具，因为手指刚柔并济，能让米粒和蛋液充分结合。他曾经一边从碗里伸出满是黏液的手指，一边跟我说："这时你不要认为自己在搅拌米饭，你是在完成一件作品。"

　　需要说明的是，阿龙特别强调搅拌时不能戴上厨用手套。我问他不戴的话会不会不卫生，他说："怎么可能，按你这样说，是不是每道工序都要消毒？"我无言以对。

　　但是，吃饭前，他要先将手指清洗干净，然后从冰箱里掏出一瓶戈登金酒，倾倒少许在碗中，用来洗手，他说手指上的酒精和米饭融合在一起还可以去除蛋黄的腥味。我问他为什么要用金酒，他说这寓意是"金盆洗手"。

　　可惜，我家没有戈登金酒，我只有忍痛拿出一瓶精装版的五粮液，用它来给手指消毒。我觉得奢侈无比。

　　消毒完毕后，就可以开始吃饭了。为了向阿龙致敬，我也只用了左手三根手指。搅拌的时候要将"心"比"饭"，先柔后刚，米饭也有痛楚，它需要一个适应过程。

同时，加入米饭中的还有盐和鸡精来调味。为了防止炒饭时饭容易粘锅，我还会加入少许橄榄油一起搅拌。

吃完饭后，可以抽一根烟，同时开火热锅。注意炒饭时需要"热锅凉油"，最好的方法是：热锅的时候，倒入橄榄油，等锅烧热后将橄榄油倒掉，再在锅中加入冷的橄榄油。至于为什么这么做，其中的科学道理我尚未研究清楚。

炒饭时，要先用葱白炝锅，然后将火关小，倒入米饭。其间，我使用了锅勺和筷子，慢慢将粘连成球的米饭压扁，使它们分离开来。我毕竟不是"冚家铲"，没有那么高超的铲技，所以双手并用，无暇摄影，原本想找我奶奶来帮我拍照。但我想到她余怒未消，可能还要"砍"我，因此，就此作罢。

起锅后将炒饭先盛入碗中，再从碗中倒扣进盘里，成为一个半球状。我当时问阿龙，为什么要这样摆设？他说他就是一个混球，所以炒出来的饭也应该是一个混球。

这个球状的饭团吸收了鸡蛋的鲜味和白酒的浓香，并且没有添加其他任何食材和配料，原汁原味，天然雕饰，实属人间绝味。我独乐乐不如众乐乐，请我奶奶进行品评，她说你这饭烤焦了，都黄了，你还是自己吃吧！

于是我只好一个人默默地吃完了这盘黄金炒饭，我有些淡淡的忧伤，想起了在遥远的西半球，阿龙那刀刻般瘦削的脸庞和深邃的眼神。

想起我当时吃完他的黄金炒饭后，请他给这炒饭起一个名字。他抽着烟，眯缝着眼睛，似乎是在回忆自己戎马倥偬的前半生。他眼里精光一闪而逝，指着被我舔得干干净净的盘子说："就叫'虽万千人吾往矣'吧。"

"虽万千人吾往矣"，这是何等的情怀，只有有故事的男人才能炒出这样的炒饭。我看着我自己的作品，觉得自己的故事明显太少。

最后，为了再次向阿龙致敬，我把准备好的黄瓜帽放在米饭顶部。

行侠济世不用刀，江湖何处不绿帽。Can you feel my rice（你能感觉到我的饭吗），大叔?

我真是任重道远

那天在外面吃饭，收到一来源为"附近的人"的微信消息，头像是一非主流少女。一上来就说我看起来好生面善，肯定以前在哪见过。我尚未正面回应，她"嗖"的一声发给我一个链接，说那是她的微博地址，让我猛击观看她的照片，看看是不是真的见过她。

我瞄了一眼那个地址后缀的链接，摆明了的是恶意网站，心想你这小偷竟然偷到这里来了。这不自讨没趣吗，于是我便没理会。谁知她还锲而不舍，不停地发微信来问我去没去看她的照片，说不定她看我不回她，多半认为我已经陷入她精心布置的桃色陷阱了。

其实哥们儿当时正在吃饭呢，没听见手机响，后来回到家看见这"姑娘"实在是不依不饶，于是就回了她一条"我看啦，2分不能再多了！"然后不等她回骂，果断把她拉入黑名单。

哥们儿好歹在信安界混迹了那么多年，这些小伎俩，使出来也不嫌丢人！当然，我知道骗子的战略，骗100个人只要有1个人上当他就稳赚不赔，反正这种骗术成本为零。而当今祖国的青少年群体，1%的被骗率还真是保守估计。

我禁不住想起以前遇到的著名信息安全界案例，说来与大家共赏析。

（一）

那些年，我们还没有因特网，但不意味着就没有信息安全的需求。比如，你的一张VCD光碟里面所包含的解码后的视频信息，同样有可能泄露给外人，给你造成名誉上的损失。

我初二的时候，我弟刘志航去重庆旅游归来，来到我家，把我拉到书房，神秘莫测地从书包里掏出一个小口袋，我问他是不是重庆土特产，他说："你的思想真落后，我今天就带你解放解放思想。"然后他从口袋里掏出一张闪耀着贵金属光泽的CD盘，插入电脑光驱。

那是我这辈子见过的第一个成人游戏，不知他从哪里弄来的，那部游戏深刻地影响了我的审美观和价值观，比如我之所以喜欢御姐，就是受里面的人物设定的影响。又比如那之后有朋友问我，我的爱情观是什么，他说他的爱情观是"你若不离，我便不弃"。我打了个颤，想了想我的爱情观，我恶狠狠地告诉他："你可以玩弄我的感情，但是不可以在玩弄我感情的同时不玩弄我的肉体。"我朋友吓得久久不能言语，我语重心长地跟

他说："你需要解放思想。"

当然那是中学的我，年少无知。现在不一样啦，现在的我把自己献给了无限的信息产业建设，谁想来玩弄我，先从信安界挂名开始。

言归正传，那年的那个下午，我和我弟在我家书房那台老式电脑上玩着那款游戏，现在看来粗制滥造的游戏。但在当时，我觉得我就像农民进城，心跳得就像架子鼓，手颤抖得连鼠标都握不住。正当我俩在游戏中厮杀时，却只听见书房门一声巨响，回头一看，我妈跟天神一般矗立在眼前。

多年以后，如果我有了儿子，我在给他讲解"说时迟、那时快"这个成语的意义时，一定会带他神游那个多情的午后，窗外的麻雀在电线杆上裸睡，他爹爹我按下power键，出手如风。

那时的主机箱的电源键是老式的类似于电灯开关的那种按钮，轻轻按下去电脑就断电黑屏，所以我也不确定我妈到底看见显示屏里的东西没。她问我电脑怎么了，我颇有大将风度地告诉她，死机了。我妈讪讪地离去，这事在我家成了一个永远的悬案。也许将来在我的婚礼上我会和我妈一笑泯恩仇，跟她坦白从宽，然后指着一旁的伴郎（我弟）说，他才是主犯。

现在的孩子就没有这等福气啦！因为现在的电脑power键和热启动键合二为一，必须长按才能关机，等你关上电脑的时候脑袋都被你妈拧下来了。当然，正所谓上有政策下有对策，各路游戏厂商与时俱进，做出了更加人性化的设计。比如有些游戏无需不胜其烦地从菜单退出或者手忙脚乱地寻找Alt+Tab键，只需要点击ESC键就能从容进入到Windows界面。

于是我怂恿我朋友买了一盘回家试试，看看是不是真有这么先进的功能。第二天他哭丧着脸来到学校，跟我说他玩得正起劲呢他爸回来了，我说："你点ESC难道没能成功退出，然后杀身成仁？"他说："是成功了，退到了Windows界面，但运行游戏前我忘记关闭游戏的安装文件夹了，里面全是截图……"我苦苦追问："然后呢？"他说："然后被我爸把我捆起来用皮带打。"他说着说着就红了眼眶，不顾一切地脱下裤子，给我欣赏他大腿上被皮带抽出来的疤痕和淤青，我叹息着抚摸着他的大腿说："信息化建设的道路，从来就不平坦"。

（二）

我本科学的信息安全专业，一开始还觉得听起来很厉害的样子，可是后来发现不对劲，群众知道了我的专业后，纷纷暴露出了自己的狰狞面目。尤其是女同胞，她们对这个行业似乎没有太深入的了解，认为我学了这个专业后就成了《碟中谍》里的特工，入侵银行的系统去转移几百亿美元的资金就跟吃饭一样简单。于是她们纷纷向我提出非分之想，要我帮她们偷盗某人的QQ，帮她们监视她们男友的通话记录，甚至有群众出钱让我去做了她的情敌。我心想这和我的专业有啥关系，不会真当我是特工007了吧。

有次，有一女性朋友楚楚可怜地在QQ上给我痛陈她的革命家史，她说他男友经常鬼鬼祟祟地一个人用电脑，说是在发邮件，其实是在搞地下恋。她让我去破解他的邮箱密码，末了还强调事后必有酬谢，还说我不想做，还会有别人做，重赏之下必有勇夫。我耐心地跟她解释，说这不是钱的问题，密码不是想破解就能破解的，而且这是违法的！她在QQ那端歇斯底里地输入：他出轨不违法吗？

我拗不过她，只能跟她说你把你和他的生日等数字告诉我，我去下个暴力破解软件，把这些信息输入字典，看看能不能通过穷举法进行破解，我一再强调这种做法的成功率很低，并且这是断子绝孙的事！

我心想除非他男友傻到真用生日当密码，否则暴力破解个20年也是徒劳无功。结果我只用了不到10秒钟就得到了密码，果然就是他俩的生日数字组合。

我苦口婆心地开导她："你看你男友多爱你，密码都用你俩的生日，不要再疑神疑鬼了！"她进邮箱逛了一圈，然后满意地退出说："我真错怪他啦，感谢你拯救了我俩的爱情！日后我和我老公要是生了女儿，你就是她干爹！"

我谦虚地摆了摆手，心想一万年太久只争朝夕，干女儿日后再说，说好的重赏呢！结果她之后就不理我了。我后来才知道，她当时一开心就跟她男友坦白了这事儿，男友把她教育了一顿，说以后要相互信任，白头偕老，大家所有通信工具的密码都可以共享，但是要离李淳那人远点，他干出这种事，纯属道德败坏，他这次偷我邮箱密码，下次偷的可能就是信用卡。

你们这些过河拆桥的东西，多行不义必自毙！我一怒之下想再去黑一次他的邮箱进行报复，但发现他把密码改了，我再也进不去。我失落地合上电脑走到窗前，看着萧瑟的夜景，窗外不知是哪儿传来汪峰沧桑的歌声："我曾在许多的夜晚失眠，倒在城市梦幻的空间，倒在自我虚设的洞里，在疯狂的边缘失眠，晚安，……"我揉了揉眼睛，脸上早已是老泪纵横。

女人真是不可共事

讲一个著名的笑话：一个男人要在三个女人中选定一位当结婚对象，他决定做一个测验，于是他给了每一位女人五千元钱，并观察她们如何处理这笔钱。

第一位女人从头到脚重新打扮，她到一家美容沙龙设计了新的发型，化了美丽的妆，还买了新了首饰，为了那位男人把自己打扮得漂漂亮亮。她告诉他：她所做的一切都是为了让他觉得她更有吸引力，只因为她是如此深爱着他，男人非常感动。

第二位女人采购了许多给那个男人的礼物，她为他买了整套的高尔夫球球具，一些电脑的配件，还有一些昂贵的衣服。当她拿出这些礼物时，她告诉他之所以花这些钱买礼物只因为她是如此爱他。男人也大为感动。

第三位女人把钱投资到证券市场，她赚了数倍于五千元的钱。然后把五千元还给那男人，并将其余的钱开了一个两人的联名账户。她告诉他，她希望为两人的未来奠定经济基础，因为她是如此地爱他。当然，那男人再度大为感动。

男人对三位女人的处理方式考虑了很长的时间，然后他决定娶其中胸部最大的女人为妻。

以上这个恶俗的笑话非常具有现实意义，可见男人这个群体真是俗不可耐。

我作为一名曾经的黑丝控，也是饱受歧视。试举两例：

某人发微博说她有个朋友长得很好看，如果林志玲能得9分的话，她至少20分。我兴冲冲地回复说叫她发图为证，她白我一眼说道："人家不穿黑丝，滚。"

我去某家饮品店，因为我平时几乎不喝任何饮料，所以对着菜单上琳琅满目的饮品踌躇不定，于是同座的朋友就指着一款唤作"丝袜奶茶"的饮料跟服务员说，他就要这个。服务员问要什么味道的，她说原味的。言毕后用一种红卫兵看牛鬼蛇神的眼神盯着我说："你屁股一翘，我就知道你要拉什么屎。"

我当时差点被气死，而且那杯奶茶端上来还是肉色的。

从那以后，我决定和过去划清界线。我要让这个世界知道，除了黑丝之外，我和祖国数亿大好青年一样，同样有着伟大的追求和美好的情操。

事实上，在生活中，我有很多从不穿黑丝的女性好友，比如刘婧艾。但她聪明伶俐、秀外慧中，她语倾三峡水，目视十行书，她能上九天揽月，可下五洋捉鳖。对于这样的奇女子，哪怕她成天穿棉毛裤上街，我也不会和她断绝外交关系。

对于她的求助或请求，我更是知无不答，言无不尽。那天晚上她不知听信了谁的谗言，非说苏宁网、京东网要鬻儿卖女了，让我给她推荐一款笔记本电脑，说完她就一个欧洲步，飘逸下线，敷了一脸黄瓜去睡美容觉去了。

可我不敢怠慢，如临大敌。我把京东商城设成了浏览器首页，当时360安全卫士试图报警，我一怒之下干脆把360给卸载了。然后我去关注了京东老板刘强东的新浪微博，详细分析了他的目的和战略战术。我甚至去虎扑步行街跟踪了一个自称是苏宁易购员工的ID，用女性头像加了他的微信，试图得到一些内部折扣。最后我在京东商城兢兢业业钻研了一晚上，给刘婧艾挑选了基于不同价位和功能的几款笔记本电脑。

我当时在半夜三点钟给她留言：

你给我一个你可以接受的价格范围！

我看现在的价格，不知和他号称的降价时的价格有没有出入！

你的电脑主要是用于移动办公还是兼有游戏和看电影？

我觉得你可能不玩游戏吧。

我仔细研究了一下刘强东的微博，说的是大家电降价，不包括笔记本在内这种小家电的。

我甚至在北京时间九点准时去京东蹲点，帮她比较价格（要知道，当时她在国内，我在国外，还有时差，北京九点，我那里半夜两点）。我知道她成天操心国计民生以及耍朋友，买电脑这种鸡毛蒜皮的事儿还是交给我这种IT浪子吧。于是我又给她留言：

×××这款比较适合移动办公，配置也不错。不过好像没降价。

×××这款的性价比也挺高的。

我给你选的都是牌子不错的，轻薄的，屏幕不高于14寸的。

刘婧艾在北京时间快要十点的时候，才慵懒地打开QQ，漫不经心地看了看我的分析和推荐，然后说她想买苹果Macbook Air。

我倒吸一口凉气，揉了揉黑眼圈，马不停蹄地去给她写了一篇理性层面的苹果Macbook Air和×××轻薄本的比较说明：

你要买苹果电脑的话，就买×××这款吧，11.6寸的。

轻薄和外观方面无人能超越苹果的，但我推荐的那款也不错，配置不比苹果的这款差，不同之处是它用了500G的普通硬盘，而苹果电脑是128G的固态硬盘。所以它开机要慢些。

苹果电脑1.08公斤，这个1.39公斤，苹果电脑分辨率高些，总的来说苹果电脑的配置好些。

毕竟贵了2500元，你自己看着办吧。

然后我还分别去Apple China（苹果 中国）和Apple USA（苹果 美国）的主页给她比较了Macbook Air官网的售价以及免税后的价格……

最后，刘婧艾从厕所回来，扫了一眼我的汇报，一锤定音，决定买Macbook Air。其理由是：苹果的这款电脑真的好好看！

以后哪个女的再说男人喜欢黑丝、大胸、低俗或者没内涵，哥们儿我跟她急！

我的麦加，伯尔尼和爱因斯坦

话说，我正经起来连我自己都害怕。

我不是一个喜欢旅游的人，在英国待了那么久，我甚至连苏格兰都没有去过。但是那次回国却刻意买了苏黎世的中转机票，我要去瑞士首都伯尔尼看看，那里有一条叫做克拉姆的街道，阿尔伯特·爱因斯坦曾居于此，并写出了《狭义相对论》。对于一名理论物理学爱好者来说，那里不啻我的麦加。

步出苏黎世机场（我去过的最混乱的机场，堪比《仙剑奇侠传》里的迷宫），我直奔火车站而去，火车站对面就是著名的班霍夫大街，和纽约的第五大道齐名，被称为世上最富有的街道。满眼望去全是银行，据说马桶都是黄金做的。可我无暇一顾，因为在我看来伯尔尼的克拉姆大街47号是一个更富裕的地方，一个世纪前爱因斯坦在这里发明了质能公式，这个式子能让一公斤的鹅卵石变得比全世界的黄金加起来都有价值。

我在火车上还没来得及睡着就到了伯尔尼。果然没让我失望，澄净的阿勒河、一碧如洗的蓝天和远处白雪皑皑的阿尔卑斯山交融在一起。城市雅致静谧，像一个老派绅士。阳光穿过满城的喷泉，将方砖路面辉映得波光粼粼。

我来到了克拉姆大街，这条被歌德称颂为伯尔尼最美丽的街道，从头走到尾也没有看见爱因斯坦故居，倒回去才发现是走过了。门脸实在是不起眼，德文的"EINSTEIN-HAUS"竟然被我无视，还有上方那毛毛虫一般的手写体：$E=mc^2$。

这不起眼的宅子里唯一的工作人员是一名老太太，她叫伊娜。脸上的皱纹看起来让我觉得她是爱因斯坦的同龄人。她友好地为我打开大门，示意我可以拍照。我却在进屋的一瞬间感到一种强烈的窒息感，就像穿越了时空之门，来到了理论物理学那最美好的年代。

整间屋里只有我一名游客，安静得吓人。事实上，爱因斯坦终其一生都是在这样的静谧中度过的，无论是他的生活还是他的心灵。不过在1905年的伯尔尼，这间略显寒酸迫仄的小屋里却是暗流涌动，整座经典物理学的大厦在这里被爱因斯坦用钢笔一点一点敲成了碎块，那年他26岁。

室内的墙上挂满了爱因斯坦和他爱人在不同时期的照片，鲜花摆满每个角落，给古朴的单色调家具平添了几分亮色。这一切都是如此地简单和具有美感。事实上，爱因斯坦与众不同的天赋就在于他直觉里对简洁的美的敏锐和追求，他说："我想知道上帝是如何创造这个世界的。对这个或那个现象、这个或那个元素的能谱我并不感兴趣。我想知道的是他的思想，其他的都只是细节问题。"

他评价一个理论美不美的标准是原理上的简单性。他毕生的最大成就"广义相对论"用几何语言写就，将时间和空间统一在一起，这种极简主义的形式充满了令人叹为观止的数学美感。

人们惊叹于爱因斯坦在没有任何理论实验的支撑下，用纸笔就创造出不可思议的理论。其实，思想实验在他的大脑里无时无刻不在进行。比如《狭义相对论》的创立就源于他关于"人和光线赛跑会看见什么"这一设想的不倦钻研。而《广义相对论》将引力创造性地解读为空间的弯曲，更是来自他在专利局上班时的突发奇想：要是自己从椅子上跌落，在那一瞬间自己是没有重量的。

这一切使得爱因斯坦的生活充满了画面感——他本来就长得像从童话故事里走出来的人物。我想象着他在专利局日复一日鉴定着各种民间科学家荒诞不经的小发明的间隙，如何偷偷摸摸从抽屉里拿出自己的稿纸，像小学生作弊似的看上一眼，然后合上抽屉开始漫长的思考。他称之为在和上帝交流。

对爱因斯坦来说，专利局就是他的"世俗修道院""一个离他最近的地球上的天堂"。在这天堂里只有他和上帝，彼此交换着宇宙最深刻的秘密。

事实上，爱因斯坦没有获得自己最渴求的秘密。他人生的最后30年苦苦追寻着"统一场论"这一终极理论，试图将所有的物理定律统一在同一个公式里。但这一次他失败了，甚至被人讽刺说，哪怕1925年后爱因斯坦改行去钓鱼，也不会对物理学有丝毫损失。不仅仅是"统一场论"的难产，他与量子力学哥本哈根学派的争论也以他的失败而告终。他去世前跟美国医院的护士说了一句德语，这成为了爱因斯坦最后的秘密。也许他是在说："上帝终究还是不会掷骰子的"。

"上帝不会掷骰子"，这是爱因斯坦的名言，也是他毕生的信仰。他心目中那个造物主其实就是因果律本身。他笃信物理学的神圣和不可侵犯，不仅能解释过去和现在，也能通过定律和方程预言宇宙任何一个物体的未来。物理规律统治了一切，高高在上，而上帝在哪里呢？面对这个问题，法国科学家拉普拉斯对着拿破仑回答道："陛下，我的理论不需要上帝这个假设。"

这是自然科学最骄傲的时刻，是所有物理学家的光荣和梦想。爱因斯坦也不例外，他不相信人格化的上帝，他说过："如果在我内心有什么能被称之为宗教的话，那就是对我们的科学所能够揭示的这个世界的结构的无限的敬仰"。

所以我能够理解他晚年为何不顾非议，独自一人和整个哥本哈根学派进行着关于决定论和随机论的物理乃至哲学层面的战斗，直到他自己一次一次地败退，然后郁郁而终。

他这样做绝不是为了反对甚至打压物理学的新生势力，而仅仅是为了捍卫自己的信仰，捍卫自己心目中那个简单优美的、有序的宇宙。从这个角度来看，爱因斯坦没有失败，他的思维方式和对宇宙之美的追求是物理学和人类思想史上最动人的故事。

我看着窗外"伯尔尼最美丽的街道"，这里到处都是玫瑰，装点着古城，我仿佛看到了那些年，爱因斯坦和物理学的花样年华。离开的时候，我问了伊娜一个问题："您读过爱因斯坦的理论吗？"她笑着说没有，她看不懂。我问她："那您为何会对照顾爱因斯坦的故居有兴趣？"她想了想，给我讲了一个故事：她一个人穿过爱因斯坦的工作室的时候，经常感觉到爱因斯坦就坐在那里，头发蓬乱，叼着烟斗聚精会神地工作着。伊娜不明白什么是"统一场论"，但她却觉得自己能够和爱因斯坦心意相通。她拿出一个泛黄的留言本，让我也在上面写下留言，我翻阅着之前游客的留言，看见了一行娟秀的英文：When I was thinking of Dr Einstein, I'm not feeling alone anymore.（当我想起爱因斯坦的时候，我不再感到孤单）我笑着在这段话下面画了个箭头，指向我的留言：Me too.（我也一样）

是的，尽管我大学的《量子物理学》只考了60多分，尽管我从来不曾真正读懂过相对论，但在每一个无人倾诉的、满载心事的、为人生和

理想所困扰的夜晚，我都不再觉得自己是孤单的一人。我们的世界是简单、有序和美好的，又何必总是计较于生活中那些微不足道的细枝末节呢？

▎生日快乐，我的兄弟

你可能会说我是个疯子，but I'm not the only one.（但我不是唯一的一个。）

谨以此文献给李潇。

Lately I've been hard to reach

I've been too long on my own

Everybody has a private world

Where they can be alone

Are you calling me

Are you trying to get through

Are you reaching out for me and I'm reaching out for you

最近我变得无法让人接近

我已经太久独自而行

每个人都有自己的天空

好让自己得到片刻安宁

是你打电话找我吗

想和我说说话吗

你想了解我吗

我也想了解你

Eminem 的《Beautiful》

　　老李，我在成都时每天都这么叫你。我的生活你是知道的，我在这边有很好的朋友和同学，但是就算我跟他们嬉笑、打闹、欢乐又开心，但他们又如何能和你相比。

　　9月8号晚上我们通电话，我们说到了王睿，说到他最近的情绪反复和阴谋诡计。你跟我说他是一个倔强的人，油盐不进，其心似铁，磐石无转移。我说你何尝又不是呢，很多时候我不知道他或者你在想什么，我甚至只有旁敲侧击，小心翼翼。也许只有10%的时候你能记得你喝多后跟我说过什么，不过没关系，Eminem说"通过互相给对方穿小鞋来进入对方的内心"，我们也可以通过把彼此灌到扑街来触摸对方的感情。我们相互唱着对方擅长的歌，你唱《告别的时代》，我唱《回到拉萨》，然后我们还可以来一个法式亲吻，藉此进入对方的灵魂。

就像我们的每一次宿醉那样。第二天醒来，我不记得我对你说过什么，你也不记得你对我说过什么。但我们却都记得对方跟自己说过什么，这样不是很好吗？我们通过酒精交换了灵魂，就像《Beautiful》里唱的：

"to feel your pain, you feel mine, go inside each others minds, Just to see what we'd find, look at shit through each others eyes."

意为："我感受你的痛，你感受我的，进入对方的内心，呼吸对方的呼吸。去看看我们发现了什么，透过对方的眼，看看彼此的世界。"

但是，我的兄弟，哪怕你明天就会恨我，后天就想骂我的八辈祖宗，第一，请记得不要骂过了头，我俩500年前的祖宗是一家人；第二，请记得，不要和我喝酒，哪怕全世界的人都说我不配喝酒，但是你不能。

不然，我和谁去交换灵魂。

I'm just so fuckin' depressed

I just can seem to get out this slump

If I could just get over this hump

But I need something to pull me out this dump

I took my bruises took my lumps

Fell down and I got right back up

But I need that spark to get psyched back up

And the right thing for me to pick that mic back up

I don't know how I pry away

And I ended up in this position I'm in

I starting to feel distant again

So I decided just to beat this pain

我就是感到很压抑

似乎就是无法从萧条中逃出去

除非我能把这座山头给翻过去

我需要一些东西把我从忧郁里拉出去

身上带着淤青和肿块

摔倒了也立刻爬起来

但我需要那种快感来使我的精神振作起来

这样才能回到麦克风前

不知道怎么做到或因为什么

我告别了处在这种状态中的我

我再次感到了冷漠和距离

所以我拿起笔来开火

Eminem的《Beautiful》

每次听到Eminem的《Beautiful》这首歌，无论我前一秒在干什么，总是顷刻就陷入那用低音吉他、Eminem分裂症患者般的吟唱和低沉的背景男声所营造出来的黑暗情绪之中。我也说不清是我本来就这么压抑，还是歌声让我压抑。

还记得我第一次听这歌时，酷狗音乐用了我感觉快要是一个世纪的时间来缓冲。其间，我在虎扑步行街大开大合，看了三篇求打分的美女贴、收藏了五本小人书，安慰了七个被戴绿帽子的心碎楼主。然后《Beautiful》终于缓冲结束，我终于可以听到这首歌的完整版，我还以为是当时正在浏览的贴子的背景音乐，感觉我的心也随楼主一起碎成了渣渣。如果我当时有一碗酒，我会一干而尽，然后我的眼神里会散发出萧瑟的气息。就像我每次见你喝多时那样，在川大南门的韩国料理、在缤纷KTV，在你二号桥电梯公寓的走廊里，你的每一堆呕吐物都和我惺惺相惜。它们贴着真露、雪花勇闯天涯、威士忌和五粮液的标签，讲述着关于你的故事。

我不知你是否总是处于失恋的状态，或者只是你爱的人还没有到来。你跟我讲着你的初恋，讲着你的前任，讲着你和形形色色女人们各种各样的矛盾。你知道我们这样的人，总是一边说着"女人如衣服"，一边为了一件衣服而变得很没出息。

当然，这种事情早已不多见，在我24岁之后。不过情绪还是会传染，你看我们的圈子里，总还是有人自暴自弃、自怨自艾，自以为付出了灵魂，却不知他只是把灵魂交给了魔鬼。你要和他们划清界线。在你没有女人的日子里，你的切诺基、仓鼠（已死）、文身、你的满壁柜的百威啤酒罐就是你的女人。

当然我知道，既没有女人又没有我，你的日子会比较难过。你的生活孤寂、萧条，你的感情还需要翻越崇山峻岭。你如何才能走出萧条，如何才能翻越山岭？

They said music can alter moods and talk to you，音乐能够改变你的情绪，代替我和你说话。听歌吧，用你的红酒和耳机。把自己封闭起来，把情绪囚禁起来。不要把拳头交给玻璃，不要把灵魂交给魔鬼。

把你的拳头和灵魂都交给歌曲，然后再将它们打包一起唱给我。

但是，我的兄弟，哪怕你明天就会恨我，后天就想骂我的八辈祖宗，第一，请记得不要骂过了头，我俩500年前的祖宗是一家人；第二，请记得，不要不和我喝酒，哪怕全世界的人都说我不配喝酒，但是你不能。

不然，我和谁去交换灵魂。

I think I'm starting to lose my sense of humor

Everything is so tense and gloom

I almost feel like I gotta check the temperature in the room

Just as soon as I walk in

It's like all eyes on me

So I try to avoid any eye contact

Cause if I do that then it opens a door to conversation

Like I want that

I'm not looking for extra attention

I just want to be just like you

Blend in with the rest of the room

Maybe just point me to the closest restroom

I don't need fucking man servin'

Tryin to follow me around and wipe my ass

Laugh at every single joke I crack

And half of them ain't even funny like that

Ahh Marshall you're so funny man, you should be a comedian god

damn

Unfortunately I am but I just hide behind the tears of a clown

So why don't you all sit down

Listen to the tale I'm about to tell

Hell we don't have to trade our shoes

And you don't have to walk no thousand miles

I think I'm startin to lose my sense of humor,

everythings so tense and gloom,

我觉得我的幽默感，已经开始离我远去

所有事情绷得那么紧，看起来那么忧郁

就像刚踏入房间就觉得气氛不对，我的脸开始发红

就像所有人都在盯着我看，这让我无地自容

我只有避开他们的眼神，否则我就不得不和他们谈笑风生

像我希望的

我不是想吸引多余目光

我只想像你一样

和其他人关系融洽

而他们只是告诉我最近的休息室在哪

我不需要谁来拍我马屁，做我的跟屁虫拍我马屁

给我讲的每个笑话捧场

尽管它们中有一半根本就无聊透顶

"哈哈哈哈哥们儿你太逗了你TM该去当个喜剧演员"

不幸被你言中，我只是藏在一个小丑的眼泪后面

所以说你们为什么不试试静静坐下来

聆听我将要诉说的故事

见鬼，我们不互换角色

那你将无法知道我的苦涩

Eminem的《Beautiful》

我一直喜欢钟跃民和令狐冲，一直在追赶他们，直到成为一名顶级话唠。我知道人们喜欢我这样，绝大多数时候，我自己也喜欢自己这样。可是渐渐地这个世界习惯了我这样，我就有些骑虎难下。

谁来救救我，当我不想说话的时候，我的酒友还能剩下几个？

我也不知道能剩下几个，但那个数字一定大于1，因为其中一个是一面镜子，另一个是你。

我写过一篇叫《远比你孤独》的文章，本来就是我的主观意见，然后被转载之后，招来了"物理帝"质疑我不懂装懂，"搬砖帝"同情我屌丝无伴，还有"版权保护帝"指责我抄袭，真是无耻之极。

他们把我的一头一尾的文字去掉，只转载中间部分，然后回头来到原帖义正词严："除了一头一尾，其他都不是你写的，你这坨文坛狗屎。"

如果说这篇文章是狗屎，我目测地球上没有第二个人能喷出这样的狗屎。当时我真想喷他们一脸。

不过这不重要，那些故事本来就是写给懂的人的。我写《远比你孤独》，献给孤独的人们，我下一次写《远比你无眠》，献给失眠的人们。可那个在成都二号桥电梯公寓里，时常孤独又无眠的你，我又能上哪去找灵感来表达我的情意？

　　也罢，至少你还有哥们儿，至少你可以半夜飙车去武侯祠堵王睿，你们吃着烤肉喝着酒，我却不能。那么，你因为我而认识王睿，没有我你就认识不了王睿，这样我也可以聊以自慰地说："王睿就是我送给你的《远比陆树铭更像关羽》《远比黄药师博古通今》《远比我们加起来更深情》。"

　　但王睿有时比牛还倔，他油盐不进。如何改造他的世界观，这是一个世界性的难题。但我喜欢他，就因为他比牛还倔，就因为他油盐不进。他不像那些人，说着问心无愧，说着爱你无悔，一转身就奸似魔鬼。呵呵，你知道那是谁。

　　我从来没有像现在这样期待过一件事，一个场景，甚至比我小时候期待脱离父母魔爪、期待毕业、期待初恋更甚。那场景就是，我回国后成都的每一个不眠夜，在高新区管委会某神秘地下健身房里，沙袋嘶吼、哑铃碰撞、王睿的肉体与卧推长凳抵死缠绵。我们在里面进行魔鬼式的训练，我们挥汗如雨，力劈华山。然后我们走出健身房，面对这座不夜城我问你："回家还是续摊？"

　　我知道这是明知故问，我们都知道健身后吃肉、喝酒的增脂威力。但是，管他呢。

　　但是，我的兄弟，哪怕你明天就会恨我，后天就想骂我的八辈祖宗，第一，请记得不要骂过了头，我俩500年前的祖宗是一家人；第二，请记得，不要不和我喝酒，哪怕全世界的人都说我不配喝酒，但是你不能。

不然，我和谁去交换灵魂。

But don't let them say you ain't beautiful

They can all get fucked, just stay true to you

Don't let'tem say you ain't beautiful

Then can all get fucked. just stay true to you

别让他们说你不够美丽

就让他们去死，你只需做你自己

谁说你不够美丽，那根本无所谓

就让他们全部去死，你只需问心无愧

Eminem的《Beautiful》

我最近很颓废。我已经远离正常生活很久，我晚睡早起，早出晚归。我已经快一个月没有健身，我感到我的三头肌在消沉，我的小腹在隆起，我每餐狼吞虎咽，但又食不知味。但愿这只是噩梦，一切都会过去。那么这噩梦再多再长，我也根本无所谓。

每天都有无数的声音在我耳边说："他们说我不务正业，他们说我思想三俗，他们说我吃饱了没事干，他们说我说话像抽风。他们指点我这样，他们说我应该那样，他们每个人都是圣人，就我是一个流氓。"

他们说什么就是什么，但是他们算什么？

我知道你在乎旁人的眼光，我也在乎。每一个装作不在乎的人都在乎。你知道我爱看NBA，科比、勒布朗·詹姆斯，这些看上去腰缠万贯、荣誉满身、对着镜头永远微笑的成功男人，在他们的心里却有着一个小本子，他们在里面记下人们对他们的每一次轻贱、对手对他们的每一次挑衅，然后，就像Eminem在歌里唱的，One day I would pay back, say it record it and one day I could play back.（有一天我会偿还，说它、记录它，有一天我可以打回去。）

我们不懂姑息，我们睚眦必报，我们从来不会对每一人都保持微笑。这就是我和你永远酒逢知己千杯少的原因。周围的软蛋太多不是吗，他们不敢说出心里话，他们不会得罪任何人，他们四海之内皆兄弟，他们团结一切能团结的人，他们除了长相和姓名之外，没有任何的区别，就像一张张的扑克脸，苍白无趣得多么的步调一致。

希望你保持这样的情绪，哪怕别人说你是个疯子，是个白痴，是个永远不懂变通的窝囊废……关键是他们怎么说，那根本无所谓，你只需问心无愧。

引用一下以前写王睿的那段话：

厚重、沉默、宽肩，这是他给这个世界的标签。这个世界流行的是华丽、速配、纤细如杨柳的手臂和精致的妆容。像他这样虎须倒竖，如城墙般伟岸的巨人，走在人群中会被指指点点，永远会被人们投以异样的眼光，永远不可能八面玲珑、左右逢源。一如他坚持的，特立独行的，落后于时代的价值观。

坐在星巴克、良木缘、酒吧和大排档里，品茗低语的人们，夜夜笙歌的人们，有多少次在八卦中提到你，就如同描述一个怪物。他们不知道你在想什么，不知道你在做什么，甚至压根就不知道你活着是为了什么。

他从来不去解释。任由世界曲解自己。为什么要解释？

所以，我们都应该向他学习。哪怕他人善被人欺，马善被人骑，可是那些骑他的人总有一天会被回击的不是吗，那些轻贱于他的人总有一天会自己打脸的不是吗，那些弃他如遗的人总有一天会舔着脸回来求他的不是吗，总有一天。

你也一样。你跟我不止一次地说过你伟岸的父亲、猥琐的上司、矛盾的人生观、不得已而为之的诸多抉择、他们对你人生的影响……你说这个世界时常让你不开心，你说你不在乎他人的看法，但我知道你在乎我的看法。

那么，就让这个世界里只剩下你在乎的人吧，只剩下你的亲人，只剩下每个周末陪你哭、陪你笑、陪你打架、陪你扑街、陪你唱《给自己的歌》、陪你度过黎明前的黑暗、陪你继续等待、陪你永远等待的那些人，让他们与你一起，在这个世界温柔相拥。

至于其他人，他们的话你无需理会，他们的酒杯不配立于你的酒桌。

但是，我的兄弟，哪怕你明天就会恨我，后天就想骂我的八辈祖宗，第一，请记得不要骂过了头，我俩500年前的祖宗是一家人；第二，请记得，不要不和我喝酒，哪怕全世界的人都说我不配喝酒，但是你不能。

不然，我和谁去交换灵魂。

It literally feels like a lifetime ago

But I still remember the shit like it was yesterday though

You walked in, yellow jump suit

Whole room, cracked jokes

Once you got inside the booth, told you, like smoke

Went through friends, some of them I put on

But they just left, they said was riding to a death

But where the f-ck are they now

Now that I need them I don't see none of them

All I see is Slim

F-ck all you fair-weather friends

All I need is him

真的好像过了一辈子那么久

但又感觉好像就发生在昨天

你走进来，一身金黄色的连衣裤

整间屋子里都在笑话你

但是你一开口，带着杀气，弥漫在房间里

来来往往的朋友，我曾经对他们付出真意

溜得比兔子还快的他们，曾说可以为我下地狱

全是在放屁，现在他们在哪里

现在我需要他们，却找不到一个人

我只看到Slim

这些酒肉朋友可以全部去死

我只需要他

Eminem的《I need a doctor》

　　我和你认识已经快四年了，在这四年里，我们从陌生到点头，从酒肉朋友到许以生死，中间经历了多少酒局，多少眼泪，多少变迁？你我的身边人，你我的朋友，你我的工作，你我的新衣，它们变来变去，从不驻足，可是我和你始终没有变，杯中的酒也没有变。

　　我们的文身新添了一块又一块，我的发际线上移了一圈又一圈，可是我见到你、你见到我，我们对彼此称呼永远只是那简单的两个字：老李。

我记得你的眼泪，记得你的迷惘，记得你说过你的前半生颠沛流离，记得你说过你曾经四海为家，没有兄弟。不过你终究来到了这里，不是吗，成都这个地方我无须耗费过多笔墨，而且最重要的是，这座城市有我。

我记得你请我喝过的酒，你知道我什么都缺，就是不缺好酒，可是你的馈赠位于它们一切之上，那是我这辈子喝过的最香醇的佳酿。我知道你不求回报，可我该如何表达我的感激？

我记得我们共同经历的那些事，那些滑稽的过往，幼稚的记忆。我从不将这些事写进日志中，可我又怎会忘记？

我记得你跟我的翻脸史，你的狗脾气。我和你一样，不喜欢沙子掉进眼睛里，那一定得把它们赶出去。如果有那么一天，我只是说如果，站在你愤怒对面的那个人成了我，你也许将不再叫我"老李"。

但是，我的兄弟，哪怕你明天就会恨我，后天就想骂我的八辈祖宗，第一，请记得不要骂过了头，我俩500年前的祖宗是一家人；第二，请记得，不要不和我喝酒，哪怕全世界的人都说我不配喝酒，但是你不能。

不然，我和谁去交换灵魂。

我害怕有那么一天，真的害怕。所以我要以一种极端的方式让你记住，即使没有酒杯，我们还有别的方式可以交换灵魂。即使有那么一天，我们还可以通过这个如克隆体一般的硕大的文身来交换灵魂。

这就是我送你的26岁生日礼物。

为了它，我放弃了喜欢的最新电子产品，为了它我当了3个小时的人肉草人，为了它我的Stone Cold成了背景，为了它我的颈椎痛得像丢了魂。这不是在山寨你，这是致敬，从此以后咱俩都是Robot（机器人）界人士，呵呵，这远比什么喝血酒磕响头文艺得多，你可以叫它"机械战士两结义"。

生日快乐，我的兄弟，希望你能开心。I'm coming for you soon.